我在等你的時候讀了這東西

謝凱特

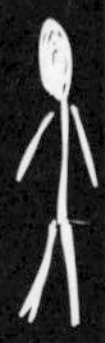

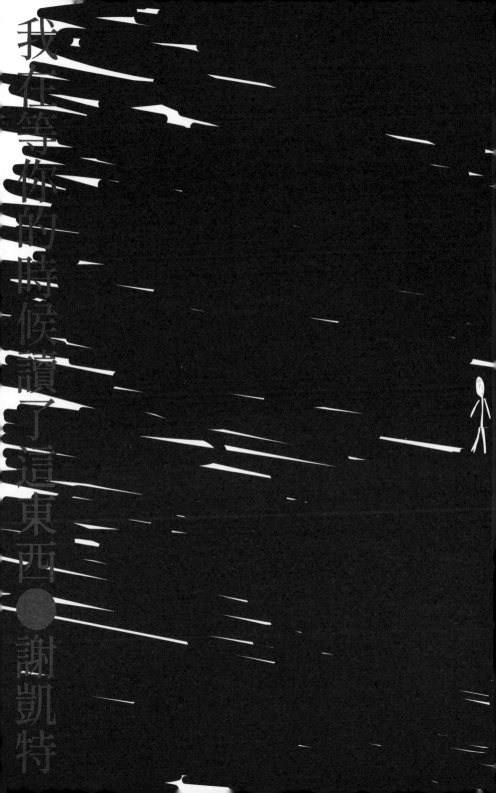

有一對兄弟，哥哥叫做「真實」，弟弟叫做「謊言」，兄弟經常爭論誰比較強大。

弟弟說：「我有一把刀，刀長如山，刀柄如樹，能切開世界，看到事物的核心。」

哥哥說不出更厲害的東西，就輸了這場辯論，並且弄瞎雙眼作為輸家的代價。

後來又一次爭論中，哥哥說：「我有一隻巨牛，身形碩大，如果走進最廣闊的湖裡，湖水會整個滿溢出來，再也裝不下任何東西。而牛的尾巴會躺在皇宮裡的蓑紙草上，尖端還會在紙上寫下神諭。」

弟弟不信，奉請眾神裁決。

神殿裡，哥哥反問弟弟那把刀是不是存在？弟弟說：「當然在呀。」

眾神決定用刀子切開弟弟的眼睛，作為說謊的懲罰。

——埃及民間故事

獻給最糟糕的那些時刻。

所謂「最糟糕」是「自以為壞到不能再壞」的時候。

目次

推薦序

歪斜與平等

張惠菁

讀凱特這本小說集時，我想起這世界上的一些蛤蜊（聯想的起點，顯然是因為這本小說集中就有一篇名為〈蛤蜊〉）。

在報導中讀到過，有八個蛤蜊控制著波蘭首府華沙的水源。維斯瓦河的河水，在進入華沙的自來水供應系統前，會先經過由八個蛤蜊控制的閘門。因為蛤蜊是對水質敏感的生物，當偵測到水中含有有毒物質，它會關閉自己。那麼附在蛤蜊殼上的裝置，便會將這訊息傳導到閘門，讓閘門關閉。人類利用了這八個蛤蜊的天性，來補足自己被城市人間包覆而愚鈍了的感官。為了判斷水能不能喝，人類仰賴著蛤蜊好好當自己。如果蛤蜊進化出了斯多葛哲學式的堅忍，撐著不將自己關閉，或者更加進化，慧眼遍閱世間已無淨與不淨無分別心，涅槃寂靜不動如山，那麼在華沙自來水管理處的人眼中，它就會是失職的、歪掉的蛤蜊。

可是人類作為一種蛤蜊（對！），是那種會進化的蛤蜊。我們與周遭的關係，遠比「敞開」、「關閉」這兩種，還要更多和複雜——我們又不是牆壁上的開關。我們經歷著社會、關係、時代、文化，或者某個他人，水流一般從自己身上流過，有毒、無毒，酸度、鹼度，氣泡量，旁邊的蛤蜊同儕的反應，礦物質的成分與濃度……，我們在這當中進化出種種生存姿態，敞開，關閉，半敞開半關閉，某種傾斜角，某種位置，某種隱身技能。倘若我們不是自來水管理處的人，不以有用無用、不以答對答錯的標準看待自己，我們或許能發展出蛤蜊與環境的多樣美學。哪些時刻我們曾以敞開作為一種防禦（所以其實是關閉），或者對礦物質濃度變化有了品味（像品鑒紅酒般）。哪些時候我們在彷彿經歷了一整條河流之後將自己永遠闔上，言語道斷，經驗無法外傳，種種一切只濃縮成一個名字，對外向他人標示自己。

凱特在〈後記〉中說到「歪歪的人」，說他對那種歪斜特別感興趣。這本小說集正顯露了他是如此長於描寫「歪斜」。他是敏感的，又是靜靜靠近一切的。像無聲的水流，映照人的歪斜，人在激流中將自己或敞開或闔上的各種姿態。這是一本敏於探量人間「歪斜度」的小說。事實上，唯有看到種種軸心各異的歪斜，才是看到人間吧。

於是在讀完整本小說後，我翻回篇首的引言，思考凱特寫在最前面的那個埃及民間故事。「真實」與「謊言」是兩兄弟，在爭論之中，兩人最後都瞎了眼。首先是「謊言」虛構了一把刀，而「真實」無法說出比它更有力量的事物（也無法看透它是虛構？），所以在這個比賽之中被弄瞎了眼。瞎了眼的「真實」，竟然也開始虛構，虛構出一頭神奇的牛。不相信「真實」說出口之虛構物的「謊言」，要求眾神裁決，卻被問以最一開始那把刀是否真的存在？就在他堅持「當然存在」時，他也被弄瞎了眼。

這是個奇異的故事。倘若弟弟「謊言」虛構是天性，為何他要被處罰？而「真實」在瞎了眼後，竟然能加入虛構的行列，想像出力量更大的事物，是不是他也成了謊言？那麼瞎了眼的「謊言」，會變成真實嗎？我們日常社會性的行走，必須認定「真實」價值高過「謊言」，撒謊會被處罰，誠實會被獎勵。但是在這個故事裡，兩人與其說是被懲罰，好像也只是交換了位置（瞎眼之後開始虛構的真實，與因為堅持自己真實而瞎了眼的謊言）。說到底他們所說出口的，那把神奇的刀與不可思議的牛，與其說是謊言更像是虛構的小說，兄弟倆只是在不同的時間點上進行創作。

不知道凱特會如何解釋這個民間故事？我覺得在他故事裡的人們，都是敏銳的物種，盤桓在各種隱形的地盤界線之間。在社會接納的「真實」版本之下，人人心中都藏著某些

「虛構」，而決定了人與人之間隱形界線的，正是人們各自心裡的「虛構」。有的人的「虛構」不免會把他人捲進來，有的用「默契」保持距離，或是像〈我在等你的時候讀了這東西〉那樣地謹守分寸，既容許自己被對方虛構，又不涉入太多。這也讓我想起凱特在《我的蟻人父親》中描寫的父子關係，經常錯開活動空間的兩人，動動觸鬚，還是能找得到隱形軌道，探測到彼此的相對位置。這是個能量不斷在交流的宇宙，此中有訊息流動，有的相吸，有的保持著一定的斥力，於是人在各種看不到的力量之間，歪歪斜斜地活著，歪歪斜斜地行走。

「人與人之間也是這樣，誰都不曉得底下的盤根錯節發生了什麼交互作用，只有接頭的兩端發生了什麼，有時彼此輸誠，有時灌輸惡意，有更多時候是在地底下互相試探彼此，但顯現在地面上的，只是令人不明所以的枯榮。」——〈我在等你的時候讀了這東西〉

我非常喜愛凱特描繪這一切的方式。這些被他凝視、呈現出來的，引力與斥力之間，人間的靜靜的歪斜。那「歪斜」，那或許糾纏於地下時曾有過無奈悲傷的力矩與平衡，卻生發而為地表的生命現象，此中竟有一種平等觀。是人間原本的模樣。

推薦序
逃逸的欲望

盛浩偉

養成看電影的習慣，是在幾年前工作最忙的日子裡。

那時候已經好習慣盯著電腦螢幕吃晚餐，也已經好習慣準備離開時發現辦公室裡只剩自己一個。搭上捷運，心裡想的卻不是家，而是影廳那樣黑漆漆的空間。抵達電影院，隨便挑一部最快開演且還有場次的，隨便選一個位置，趕緊鑽進去，沒有其他觀眾更好，就窩在那裡。也不是真的期待會看到什麼、會發生什麼，甚至是沒有太多驚喜的最好，只是直直盯著銀幕。只是盯著。

是要到後來，結束那種工作狀態的某次旅行途中，在飛機上選電影的時候，才突然清晰地察覺這個習慣的由來，也才突然察覺到，那個時候自己其實有很強烈的，逃逸的欲望。

逃逸到其他的生活，浸泡在其他的經驗，變換成其他的視角。不需要太多跌宕起伏的戲劇張力，不需要踏上一段奔赴遠方再歸來的冒險途程，不需要高遠雄大的目標或理想。只是因為既有的現狀煩悶，滯澀，像被迫在水中憋氣，所以才想要暫時浮出水面，呼吸，看看其他風景。是那樣的心情。

閱讀謝凱特《我在等你的時候讀了這東西》，我不禁又想起這段回憶，湧起那種熟悉的心情和感受。當時那種逃逸的欲望，好像就在不知不覺之間被滿足了。

集子的諸篇故事，都像是在引領讀者凝視著看似平淡無奇、實則相當奇異的生活，裡頭的人物則皆由琳瑯滿目的細節與意象所構成。比如〈燈是怎麼壞的〉寫的是辦公室職員的日常，卻充塞著刮刮樂、籤詩和民間故事（甚至還提及黃土水），以此既刻畫了人物的成長背景與心理狀態，也彷彿告訴讀者生活處處是暗示，眼前的平凡總在冥冥之中意味著更多，單看我們（或者應該是故事裡的阿凡）能否解讀。

又比如〈衣蛾〉寫到：「綜合丸的標籤紙上頭用粗大紅字寫著『驚爆價：兩件九十九元』，一旁一行較小的黑字寫『原價四十九元』」，這如今已是不新鮮的愚蠢瑣事，頂多是被拍照後放到「路上觀察學院」之類的社團成為笑資，但凱特卻能由此衍生到人物的不同性格：「那個無足輕重的一塊錢，就像他在搭車或是看電影的時候從口袋掉出來，卡到縫隙裡的零錢，柏昀是會急著伸手去撈的那種；而鴨鴨卻剛好相反，如果陷得很深，或是掉到地板上，俯身沒看到，就會果斷放棄的人。」成語見微知著，說的多是超凡的智慧眼光，但這些作品看見的是貧瘠日常所可能帶有的意義。

因此，全書也像是寓言集，敘事者以熱切而充滿溫度的語氣訴說著這些人物的種種，而讀者讀到的意象往往象徵著那些事物之上的意義，於是〈蛤蜊〉的「蛤蜊」並不只是蛤蜊，〈空鳳〉的「空氣鳳梨」也不只是空氣鳳梨；在〈紅鯉魚與綠鯉魚與魚〉裡，甚至故事的結尾也啟人疑竇，到底說謊的是誰？小瑜的謊言是否含有真實？而打電話來的「他」所說的故事，真的只是「騙你的啦」，還是一種類似「強者我朋友」的遁辭？在謊言與真實之間，忽然就多了各種層次的解讀，也讓人猜想角色的心境究竟是如何，足堪玩味。

謊言與真實恆常要糾纏拉扯。〈我在等你的時候讀了這東西〉既是同名短篇，也是書中僅有的第一人稱敘事，不曉得這樣的安排是有意還是無意，但與其他篇章擺放在一起讀來，讓這篇更加突出，其中的情意與壓抑，偽裝與哀愁，都更顯真誠吐露——雖然這肯定有變造，有虛構，但忘記是在哪裡讀到過這樣的句子：「寫下一百句謊言，只是為了寫出一句真實」；我並不知道在這篇裡頭，那些真實在哪裡，但我在裡頭確確實實感覺到這樣的東西。

我於是不禁想，或許，不只是作品的受眾需要尋求滿足，滿足逃逸的欲望，某種程度上，書寫也是書寫者在滿足內心的逃逸欲望吧：自現實逃逸，但以虛構逼近真相。

燈是怎麼壞的

燈要壞的時候，是會有預感的。

大概是在它開始閃爍前就會感覺到什麼不對，抬起頭時，它正好滅了一下，沒有別人看到。就像一個私訊，只有收到的人知道。

阿凡常常在前一刻收到那則不知自何處丟來的訊息，但他從來都不覺得直覺是一種能力，比較像不知道什麼時候啟動的被動技能。

年關前，午休時的他繞去彩券行想買個大面額的一千元刮刮樂，心底突然有個聲音說：別拿單數，拿尾數是雙數、避開不吉利的4、忽略大家都愛的8，玻璃櫃底下剛巧只剩下一張尾數2的。也不顧櫃檯後的老闆勸退他，這一款頭獎只剩一個，其他都被刮走了。但他就是要了這一張，還笑答：「那這就是最後的大獎了啦。」

才說完，一陣不對勁湧上心頭，當阿凡脫口而出「地震」的同時，老闆還愣著想靜下來感覺腳下是不是真的在搖晃，幾個影格後才突來一陣綿軟的左右擺動，把桌上的筆、筆筒和下注單都甩了滿地。彩券行裡幾個碰碰運氣的阿伯和大嬸連同老闆全都逃難跑出去，人們驚慌失措地從建築物湧到街上，直到大家確認沒有餘震之後才紛紛返回。而彩券行裡的阿凡，還死命地站在櫃檯，守著那張刮刮樂，等著結帳。

「吼，這張一定中啦，大難不死必有後福啦。」老闆用浮誇的話語掩蓋方才的緊張，收錢後逕自整理起桌上各種生財工具。

對。就是這張了。

阿凡拾起鐵片，準備開刮，除去部分銀漆，上方吊掛的電視終於從搖擺中止息下來，播出了地震資訊和震央附近的災情，主播過快的語速讓人聽不清內容，倒是如某種白噪音般接通了阿凡頭頂的預感天線：英文代碼T、英文代碼O，還在想著會是代表獎金一千的THO？還是兩萬的TTO？

不對。不一樣，這次一定不一樣。

這次的直覺就像地震的垂直波般如此強烈，他與這張刮刮樂共同經歷一場浩劫餘生，而櫃檯後的老闆還用半邊白內障的眼黑失焦且顫抖地注視著他，種種訊號彷彿都指向某個神祕的命途。該不會是頭獎的TOP吧？一個電波接上了他的腦海，也接到了其他地方，電視螢幕裡出現的，就是他乍見卻沒在第一時間認出的老家兩層樓的平房，那是網友的爆料影片被電視台擷取翻拍，畫面中，老家腳廝無力般傾斜，彷彿發出欸乃一聲靠在了隔壁棟的牆面上。

他像受到驚嚇的貓垂直跳了起來，撥電話給老父老母，沒接，再撥，就轉進語音信箱，心也跟著掉進黑洞，急得他不知該如何是好。止不住雙手摸東摸西，抓起筆和投注單就失神亂畫，再拿起鐵片繼續把刮刮樂刮開，手機突然響了起來。

一看，是母親的視訊通話，大頭貼是那張修過頭而像恐怖片裡的陶瓷娃娃的母親出遊照。

再一看，是字母Y（TOY？TOY是什麼獎項）。

阿凡接起電話，對著自己的老母，莫名其妙地哭了。

這場面看得老闆發愣，以為自己賣空了希望讓人如此悲傷，暗自懷著說不出口的罪惡感。

電話裡的老父老母說他們上午出門到朋友家串門子，提著朋友自耕自種的美人柑正想帶回家過年吃。自家對巷裡停好車，關上車門，轉身就看到房子歪一邊，只能蹲在路邊剝橘子吃。唉唷哭什麼啊，老母開始晃著手機，台北花蓮實況連線。螢幕裡，多年前掛上去的開業招牌「吳信韻代書」隨著房子傾斜，就像限時動態裡放歪了的一行藍底白字，怎麼看都不順眼。阿凡小時候放學最怕被同學發現自己媽媽叫這個名字，怕被別人嘲笑「你是不幸運的小孩」，也的確他考試猜選項運氣超背，就算是只有二分之一機率的是非題也總是矇錯。於是放學時的路隊阿凡總故意排在最後，三過家門不入，等大家都散了才偷偷繞回去。

為此阿凡傳了新聞影片跟主管請假，說要回花蓮幫父母安置些事情。主管延遲許久才批准，但隨口語音輸入一句「這真的是你老家有沒有這麼巧」送出，阿凡已讀還沒回，主管遂自覺難堪，收回訊息，連忙打圓場「沒事沒事開玩笑趕緊去好好照顧爸媽」。他一個白眼，趕緊用手機應用程式訂火車票時跳出一行字：東澳到武塔段有落石坍塌，搶修中，部分車次延誤。再一個白眼，果然訂不到票，就算是要拆段從松山搭到羅東，羅東到花蓮，也全都沒座位。於是他搭上走雪隧的客運，到宜蘭換區間車，這當中睡睡醒醒什麼都無暇思考，鐵路竟然也奇蹟似搶通，順利抵達花蓮。

冬季的花蓮除了細雨還是細雨，搭計程車回老家時天色已經昏黃，下班的人潮早就散去，居民覓食的路線也早已撤退，雨霧繚繞中，小賣店和便當店燈火半歇，麵攤鍋爐湧起最後一口蒸氣，只有觀光客接連移往整合搬遷後的夜市，循著老歌演唱聲望去，紅色牌樓遠遠地發著光。他下了車，站在隨意圍起的封鎖線外看著「吳信韻代書」那行歪斜的字，不免想起自己中學時的種種失敗的表白，而且敗得一塌糊塗。比方班聯會阿堯和排球隊的孟仁好了，明明就一臉直男樣，不知道哪根筋不對喜歡得要死，奮不顧身地告白，結果兩人都回覆他「如果你是女生就好了」這種因為無法改變而令人心碎的話語；升學全科班裡生得一張大叔老臉、平頭、外加八字眉的張俊松則是在阿凡告白後就人間蒸發，打聽之後才知道他換去了火車站前的補習班；就算是長相斯文、游泳課總用各種理由不下水，偶爾臉上還帶著妝出現的副班長育謙也回絕了他的心意。育謙解釋，臉上彩妝是就讀職校美妝科的女友找他當模特兒練習的，不是他自己想要畫的。「你應該是誤會了呢。」育謙水汪汪大眼加上甜甜嗓音講著這句話時彷彿字幕組該在語尾多打一顆愛心，弄得阿凡混亂與懊悔糾結纏繞。

「但我們可以牽手沒問題啦。」育謙說。

算了吧，還不如不說這些安慰的話呢。

就是在那些告白失敗後的日子，他失落地返家，抬頭看見媽媽的名字掛在那裡，吳信韻，不幸運，我是不幸的小孩，第六感極差無比，連帶懷疑自己的同志雷達壞死根本就是她害的。可不是嗎，親戚有時候背地裡閒話說老父老母是「烏鶖騎水牛」被他聽見，以為這句話形容的是小時候在畫冊裡看到黃水土〈郊外〉那石膏像裡頭水牛與鳥和諧相處的景象，長大後才知道原來他們是在嘲弄自己爸媽的身形女大男小，不符合一般人的審美觀。事實上也是，代書職業的媽媽負責賺錢，還得經常跟著政治人物跑大小場子拚酒、做鄉親服務，魁岸的身形在圓桌人群間穿梭，著實難以忽略她的存在。軍人爸爸退伍後雖然無業，但家務全是這矮小的男人一手操持，打掃浣衣，收支記帳，懂得用刺繡機把學號和江默凡三個字繡在制服上，還會像日本媽媽一樣做有卡通人物臉蛋造型的「顏弁」讓他帶去炫耀，殊不知其他同學吃的都是學校廚工阿姨做的營養午餐，打開便當盒永遠讓他一陣難堪。有這樣的父母讓阿凡到了學校有些困惑，他其實一直都搞不懂為什麼學校裡的男生永遠都在期待自己長高而女生已經瘦成紙片還一直要減肥，而中學之後就更分不出誰是圈內人誰是大直男。閨密好友給他提示說什麼耳環戴右邊（班聯會阿堯），幸運帶綁左腳（排球隊孟仁），水杯擺右邊（全科班張俊松），喝水翹左手小指頭（副班長育謙），諸如此類謠傳是同志的暗語指令沒有讓他看清誰是誰非，只是一直想到電視綜藝節目裡的反應考驗：紅旗舉起來呀，白旗舉起來，紅旗白旗放下來，彩虹旗舉起來（哪來的彩虹旗）。

阿凡總覺得自己就是一個人孤零零地舉著彩虹旗的那一位，用奇差的賭運，見一個，愛一個；愛一個，錯一個。然而其他人早都偃旗息鼓，哪裡好哪裡去。因此好友笑他雷達不準就算了，看人的眼光也是奇差無比，不先打聽對方的傾向、型號，也不想用網路篩選對象，一心動就瞎眼般地豪賭。

這樣不行嗎？難道就不能像一般人一樣在日常裡遇見愛情嗎？非得這樣把自己丟進同溫層恍若分類好的動物園圍籬裡聯誼相親？

不行。各方面來說，都不行。

這麼糟糕的預感能力也不僅僅發生在阿凡的Gaydar上，玩危機一發或是鱷魚咬手指，過年砸重金買一本刮刮樂結果中獎的不到一般期望值的保底金額之爛事也發生過。預感總帶領他踏上最不想去的道路上，像是一抬頭鳥屎剛好就滴在他臉上，但要說他相信或是不相信直覺這件事，不如說是，只要他想使用直覺時就不準確，不想動用的時候倒是心想事成。

他提著舊鐵道商圈買來的換洗衣物，上網查著附近短租屋資訊，一則訊息跳出來寫：

「我們寄住在你阿伯家了。」

看來連他操心的份都不必。

走到廟後的香客大樓預計住上一晚，還可以順便在廟口買杯紅茶配蛋餅，詭異的是今天街上的路燈都不亮，附近平房矮屋也沒人點燈，卻在快抵達廟埕時遠遠看到莫名火光，靠近發現金爐仍燒著，然而一旁還有求籤筒和籤詩櫃。

什麼時候多出來的呢？阿凡搜尋記憶全然沒找到關於這座廟有這些設置。也許是北上工作後才出現的吧，畢竟自己多日不曾回來，回來時也沒特意到廟裡走動。不求什麼地去拜拜吧，反正命運待他如此也不差一支下下籤，於是下意識地拿起台上兩個紅色月彎的桮，向神明報上自己的資料：弟子江默凡，民國八十四年四月四日生，今天有事來請教您的旨意。

阿凡細細將問題敘述一遍，說話聲音小到只有神明與他之間聽得清。他抛下桮，得到應允，抽出長長的籤，再次擲桮確認，清脆的聲響迴盪在太平洋的夜裡，過程意外地順遂無礙。四四方方彷彿古老藥櫃的籤詩抽屜每一格都存放一種命運，他拉開其中之一，第五十四籤壬戌，詩云：

孤燈寂寂夜沉沉
萬事清吉萬事成
若逢陰中有善果
燒得好香達神明

歲君淡淡，做事難成。失物難尋，功名難得。不算太好的運勢。阿凡知道自己早該不必那麼認真求籤問事，什麼都難上加難，就算紙上籤解還寫著「婚姻大吉」四字也沒有讓他有什麼欣喜之情，他可是連對象都沒有了，哪來的婚姻？再說古老籤詩寫的婚姻又不是兩個男生的，更加不必痴心妄想。

說也奇怪，他把籤詩收進包包，意外發現那張地震時隨手亂畫的樂透下注單，不知何時被他收進來。回到香客大樓的老式小套房內看著有線電視，轉轉轉，轉到開獎直播，黃球一個個滾落，14，24，34，40，42，44，還在訕笑到底誰會買這種號碼之時，一個念頭閃過，他拿出下注單，一看。

他尖叫。啊！中頭獎了？

啊。那只是張下注單。

整個晚上的熱絡氣氛隨著沒喝完的紅茶豆漿冷卻，但躺在床上的阿凡一直心神不寧，好像一顆碎石子跑進他的心臟，躺著也好翻身也罷，總是有著微小刺痛感惹得他不快。今天的一切都應該是某種暗示，只是阿凡誤判了這些符號的指向，不是中午那張死命守護的刮刮樂，而是隨手點畫而成的大樂透。是了，他猜想或許長久以來自己都搞錯一件事情——比如班聯會阿堯後來因為對前後三任太太施暴而被接連判離，排球隊的孟仁高中畢業後簽下志願役，卻欠了高利貸跑路，從此不知下落；張俊松去的那家新補習班安檢不合格仍開班營業，某天新聞傳出失火的消息，張俊松就在教室裡被濃煙嗆暈，當場缺氧過世，可憐他大學都還沒考。又比如今日一連串的事件，地震，老家變危樓，主管不即時准假，鐵路延誤，回家路線受阻——或許神明要告訴他的是：眼睛只盯著目標，自然就會漏掉視野以外，原本應該屬於他的東西。又或者想到副班長育謙，他與當時的女友一路交往至今順利結婚，婚宴上兩人還大玩性轉表演，第二套婚紗時大家都沒認出穿著華麗禮服、五官姣好、妝容完美無缺地走進會場的是育謙而不是新娘。收到喜帖的阿凡坐在高中同學桌，看著育謙時他心裡當然有無限的祝福，但同時也清楚知道，自己已經不如當時那樣意亂情迷地喜歡他了，再沒有任何感覺了啊。畢竟，說穿了，此刻的他還是喜歡陽剛一點的男生，或許今天這樣的局面，對於異性戀的育謙與同性戀的自己是最好的安排。

那張籤詩的一角還有兩行小字寫著：

念月英相國寺

小姐求佛嫁良緣

他不明所以，昏沉睡去。

隔日他確認老家的毀損狀況、政府是否要補助維修重建、鄰居建物的賠償等等雜事，接著把新衣服拿到大伯家時還被父親碎念浪費錢，母親從後頭的落地窗陡現，捧著一碗市場口買來的陽春麵吸著。「怎麼這麼趕著回去？」她問，「交女朋友沒？」她又問，問得像是她手上那碗麵那樣日常無害。

「無代無誌閣問這創啥？人就愛查埔，無愛查某啊。」小烏鶖般的父親懟上了母親，但壯碩的母親似乎一點也不在意，任憑父親小喙似的話語在她身上啄啄搔搔。

「唉唷，說不定也有女孩子像我一樣啊。」她是說，像她一樣又高又壯的女人，「沒找過試過怎麼知道嘛。」

吳信韻，你有完沒完啊。阿凡在心底深呼吸十次，表面上尬笑搪塞過去。搭車趕回台北時，經過公司附近的彩券行，又一個天空來的訊息像樂透開獎球組落了一顆在他頭上。他隨意買了一張刮刮樂，不挑號讓老闆選，竟也中了兩千。阿凡不做他想，再電腦隨機選號一張大樂透收口袋，順便收下老闆的祝福後進辦公室。

又是一個預感，都還沒坐定的他抬起頭，燈管偏偏對著他眨眼，閃了一下。

接著是「啪」的一聲，像是把瓢蟲捏死那般輕微的聲響。

並排四根燈管之一果然熄滅了，顯現出一個令人不太愉快的顏色，像是牙醫診所牆上，根管治療後保養不好的病例照片，灰白透黑的牙齒近照被放大幾百倍，恫嚇著病人。不過，在滿是燈管、照明充足的辦公室裡，一根燈管壞掉了，也不會有誰發覺，所有人還是在自己的事情裡埋首。

打字聲、電話交談聲、腳步聲、飲水機的語音提示聲，不相干的白噪音在空間內亂竄。

除了拿著燈管過來的他。

為什麼偏偏是隔壁組的他發現了這件事？明明沒有業務往來，兩人也沒有私交，在茶水間僅只是彼此禮讓的社交模式。幾次注意到他，純粹只是因為弓長張的身高特別高，阿凡總是要抬頭仰望什麼似地才看得清楚他的五官。就算是坐定在位子上，阿凡也能看見他從辦公桌的ＯＡ隔板露出整顆頭來。他就職第一天第一次接電話時大聲喊著「業務部弓長張」，聽得整個辦公室的人都嗤嗤笑起來，不知道的人還以為在訂餐廳的位子。其餘的，就沒有了。儘管阿凡知道弓長張總會被指派做一些跟高處相關的事情，比方拿層架上的東西、掛聖誕裝飾燈、員工運動會上必定被推去參加跳高項目（那明明就沒有干係）。但總不會因此成天對著辦公室天花板虎視眈眈，時刻留意誰頭上的燈管壞了吧。

弓長張站上梯子，拆下舊的，換上新的。下來時不小心與幫忙扶梯子的阿凡碰撞了一下，似乎是為了避免直接倒在他身上，弓長張向後頓步，不小心拐了腳。

阿凡當下沒多說什麼，簡單道謝並詢問腳踝的狀況後就繼續工作。事後他一直想是不是自己少表達什麼了，於是丟了私訊給弓長張，弓長張秒讀秒回。這樣一來一往的接發球速度快得令自己擔憂，阿凡對自己喊話，不要想太多，按照對待一般同事朋友的態度就好了，但隔天還是忍不住買了珍奶外加便利商店一包滴雞精回公司，像小天使那般從隔板後悄悄伸出一隻手來遞給弓長張，貼一張便條貼寫：「今天很謝謝你」。畫一顆愛心。

「我也謝謝你。」

當天阿凡坐在位子上甜滋滋一整天，畢竟這一天他其實都在跟弓長張聊天。更讓他樂不可支的是晚上樂透開獎他中了三獎，金額七萬多，就算還要扣稅，但他已然覺得那次諸事不順的拜拜求籤後，神明已經特別眷顧他。

然而也就因為如此眷顧，他得更加小心：好運會用完的，比如這張彩券吧，不是那個無緣的頭獎，也不是貳獎，而是三獎，彷彿幸運是一種能量，會在時間中不斷衰變、遞減，到最後終究會歸零。他把彩券安放在玄關櫃上，用小飾品壓著，看起來就是個小神龕，供奉著這久違的幸運。以後不會再買了，至少這陣子不會再買樂透彩券之類的東西了。他雙手合十，喃喃自語。

「睡了嗎？」弓長張又傳訊息來。

有些事情比想像的容易，也比想像的隱密。阿凡與弓長張的雲端互動在公司裡沒有誰知曉，日光燈還是在那裡發著白裡透黑的波，每個人臉上的色溫都走樣而冷峻，看不清楚表情，卻只看清了所有人在公司裡的悄然不動任何聲色，每一個都是蟄伏的生物，下班才破土探身活動。私聊一陣子後，儘管阿凡得一直提醒自己要踩煞車，但在自己的頻頻否認之中，還是預設了許許多多的可能。然而就算他能控制自己不要深陷、不要暈船，也無法控制對方想要跟他說什麼。弓長張雖然沒有像他在網路上遇到那些奇形怪狀的人，說沒幾句話就開始聊色或要交換私密照片，但，也許是被自己的荷爾蒙沖昏頭了，弓長張的每句話都莫名有著奇怪的誘惑力，一個一個訊息就像色彩鮮豔的假餌，在遙遠的海面上顯擺著，給深海底的自己仰望著，而且這些餌看起來就是比真正的食物還來得生動美味。

「早安，雖然又要上班了，但總有一件事情是值得開心的。」他就像是隨手捏了一句什麼丟到阿凡這裡，都讓阿凡可以揣著這句話一整天像一張看不懂的護身符。

年假到來，弓長張多用了好幾天特休，安排與家人飛到日本，度上足足半個月的長假。而阿凡返抵花蓮，在大伯家跟老父老母以及眾親戚吃完年夜飯後回到飯店，他想起那張籤詩：

念月英相國寺
小姐求佛嫁良緣

赴京趕考卻落第的書生郭華，在相國寺外的胭脂鋪見到賣脂粉的王月英，假意上前挑選胭脂，實則趁王母不在時與月英搭話。即使日日來買自己無所用的胭脂，但亦欲藉此勾打動她，只要做個一日夫妻，也是郭華平生之願，得償所望。

「妾身王月英，自從見了那郭秀才，妾身每日放心不下，即漸成病。況且陽春天氣，好是煩惱人哪！」

「獨守香閨，懶臨階砌。慵梳洗，濕透羅衣，總是愁人淚。」

「你道我年紀小，喜事遲。我則怕鏡中人老偏容易，常言道，花也有未開期。」

阿凡泡在飯店浴缸裡，慵懶地盯著手機螢幕裡的戲旦唱著。月英與自家丫鬟爭論，才十八歲的月英就擔心自己韶光易老，一心期盼與落第書生郭華相會。阿凡已經二十八，雖然一直覺得自己沒有年紀這條隱形的坎，但還是會莫名憂愁起來，尤其是面對著比他年輕幾歲的弓長張，阿凡壞死的同志雷達這次好像響了又好像沒有，就像公司牆上的喇叭偶爾會小聲地傳來「火災系統測試，火災系統測試，發生火警，所有人員請立刻往逃生梯疏散」，聲音聽起來卻像是隔壁棟大樓的廣播系統那般遙遠。

丫鬟梅香拗不過月英的請求，暗地裡送了柬帖給郭秀才。郭華依約在元宵夜前往賞燈，卻因為酒喝多了醉臥寺中。燈火影幢之下，月英喚不醒那爛醉的郭華，將自己的香羅帕與繡花鞋留置他身旁，以茲證明自己赴約。酒醒後的郭華見到羅帕和繡鞋懊悔自責不已，遂吞帕窒息而死。

「我費了多少心思，今夜才能勾小娘子來此寺中，相約一會。誰想，小生貪了幾杯兒酒，睡著了！正是好事多磨，要我這性命何用？我就將這香羅帕兒咽入腹中，就是死了也表小生為小娘子這點微情。」

「苦為燒香斷了頭，姻緣到手卻干休。拚向牡丹花下死，縱教做鬼也風流。」

吞帕而死？也有的故事版本是郭華吞鞋而死，但無論是哪一種版本，都讓人懷疑郭華選擇自盡的原因，一次赴約未成，竟也能讓他悔恨至如此境地？究竟是因為一見鍾情的愛戀，還是因為風流韻事無法如願的怨懟？

年假很短，也不過幾天的時間，對阿凡來說卻很長，漫長到他得看著弓長張傳來的照片猜想他的行蹤。當弓長張在日本的旅遊紀行影像被放上社群動態，引來公司同事紛紛留言表達欽羨時，他傲慢地想著自己能比別人早些時候看到，彷彿擁有一些殊榮，但這樣的自滿很快就消退。手指在貼文底下輸入回覆與否之間遲疑，但最後還是選擇什麼都不做。

開工後第一件事情是團拜，第二件事情是春酒。早上董事長領著董事會與高階主管一班人馬到各部門拜會，發水果禮盒，浩浩蕩蕩的隊伍掃進業務和行銷部共用的樓層時，辦公室突然整個亮堂起來，頭頂上的燈也努力工作著發著光，每個跟董事長握手的員工臉孔看起來多麼神采奕奕。這真是奇怪吶，阿凡有一個預感，但不是燈要壞掉的那種，恰恰相反。在大會議廳舉辦的春酒即將到尾聲，摸彩之前，底下的他坐立難安起來。台上懸掛的員工春酒晚會紅布條忽然從左向右整個掉落，伴隨著董事長祕書兼此次春酒主持人的尖叫聲，他的臼齒忽然也痛了起來。就像台上總務組緊急用槌子和細釘固定布條的槌打聲音那樣，一槌，一槌，敲進他的臉頰，敲進他的琺瑯質、牙髓腔，敲進裡頭的神經。

「現在請董事長來抽出本日最大獎。」

當然不是阿凡的，他甚至沒有拿到任何一個獎，還為此請半薪的病假去掛大醫院的牙醫急診，噴了不少掛號費，但這一切都不打緊。過了幾天，弓長張銷假回辦公室，在員工休息室和茶水間擺上機場帶回來的小零食，另外到幾個熟識的主管或同事那頭分送專程買的伴手禮，兜了一圈，最後才分到了行銷部這來。那雖然是大半旅日遊客都會帶的「東京ひよ子」小雞蛋糕，不過阿凡這組卻多出了一盒期間限定的草莓口味。不明所以的同事們隨口蜚語說著該不會是喜歡我們組裡的某幾個女生了吧，一邊又稱許弓長張這個後來的菜鳥真是懂事，阿凡你之後出國知道該怎麼做了吧。

草莓的小雞蛋糕吃在他口中甜滋滋的，完全可以忽略了自己的牙疼，但其實他記得那痛感，記得那種自己運氣總是很背的日常感受，彷彿他的命盤裡有永恆的水星逆行才是常態，偶然順行才是幸福的滋味吧。他咬下手中那隻小雞的頭，露出裡層如同花蓮薯一般的豆沙，卻冒出奇異的草莓甜酸氣味時，他抬頭看向弓長張的辦公桌方向，端端正正的背影依舊從隔板露出來。

「蛋糕好吃嗎？」

咚。一個螢光色的通知從手機平面上浮出。

他咬下最後一口滿是香料和砂糖的菓子。

郭華死後幸得僧人保留屍體，報請官府，開封府包拯辦案時以繡鞋為證審問王月英，卻不見當時一起留下的羅帕，幾經周折才發現原來就在郭華口中，使力扯將出來，郭華也奇蹟似甦醒過來，並且對當時醉倒相國寺與呑帕自盡之事全盤托出，這才還月英一個清白。同時包拯也成全二人，讓郭華與王月英終成眷屬。

那天是元宵節，再過幾天就是情人節。下班後，說不上正式約會，但確實是兩人少數單獨見面的時刻，又不在公司裡。怕人多眼雜，他們各自下班，前後分別抵達酒吧，在裡頭用餐，玩酒吧裡的飛鏢台。弓長張天生手長腳長，一直超前阿凡的分數。阿凡像個小孩，不服氣地一次次挑戰，他瞇起左眼，將右眼、飛鏢和靶心連成一直線，在調整焦距時，飛鏢尾部的鏢翼從清晰轉到模糊再次清晰，直到看不清鏢靶，有一種詭異突然迫近，他搞不懂自己的目標到底是什麼，是眼前一直注視著的飛鏢尾巴？還是更遠處的靶呢？

「別想太多。」弓長張說，「好玩就好。」

阿凡用力將飛鏢射出，這一鏢，就準確地命中了靶心。

弓長張歡呼起來。阿凡也跟著歡呼。就像一對兄弟或好友那樣，讓人猜想或許只是好同事下了班來紓壓，事實上也是，阿凡一直沒有更進一步的行動，畢竟不知道對方是怎麼想的。

他們自酒吧離開時已經深夜，燈會的人潮已經散去，各種造型的花燈在冷清的廣場上熠熠閃亮地發著光，反而讓這個晚上黑得更為深沉。身旁的他牽起了阿凡的手，沉默的幾分鐘之內，阿凡環視著周遭的花燈，祈禱等等什麼事情都沒有：花燈不要突然壞掉，或是像跳電那般在不該閃爍時忽然明滅，當然也別一個電線走火讓花燈燒起來。

沒有。

阿凡不敢問這是不是確認關係的意思，但總是消除了某些疑慮，至少弓長張看起來不是喝得酩酊大醉而失去理智，酒前酒後都不像是會恣意開玩笑的人。但阿凡就是沒有開口，也不敢，他害怕這個喜悅會像那天發現只是一張與頭獎獎號相符的下注單般消滅殆盡。

「我有一個奇怪的直覺能力，就是每次覺得燈要壞掉的時候，我就會抬頭看一下，老天好像會發一則訊息給我那樣，日光燈在我眼前閃爍一下，接著燈就壞了。」

「這麼神奇？」

「那天你為什麼特別拿了燈管來啊？」

「我換好別處的，想著同時安裝的一批應該都差不多了，掃視一圈就發現你頭上的壞了。」他說，「應該是巧合吧。」

大量採購的同一批燈管確實會在差不多的時間到達使用年限，但不會同時熄滅，至少阿凡沒見過辦公室突然一陣全黑，應該是前後輪替，有重疊的時間。這個巧合是一種浪漫還是過分實際他暫時分辨不清，只是覺得有趣，緣分的錯置讓他們在一起了，就像曾經看過網路影音短文寫的：人生就像公車，有人上車，就有人下車，好好珍惜緣分。這是他第一次記起這句明明很爛的糞金句時，沒有立刻想到小學數學習作（請問最後車上有幾人）。

籤詩說「孤燈寂寂夜沉沉／萬事清吉萬事成」，指的是問事的人你現在就像一盞黑暗中的燈獨自亮著，但只要平常多行善、累積善緣，所祈求的願望即使無法完美實現，但至少會有平安順利的結果。他又想起老家那塊歪了的招牌，但是到底沒有任何一個小學同學真的經過他家門口笑他是不幸的小孩，確定有的，則是在心裡嘲笑了他無數遍的那個自己。

是了，好像一切都會熬過來似的，就像許許多多的籤詩，他其實見過，大部分都要那些被命運逼急了而來求籤的人再等等啦、再看看嘛，守得雲開見月明不是嗎。阿凡自問自己有被逼急嗎？他不曉得。那晚，他向神明說的，是自己在三十歲之前有機會遇到正緣嗎？就是這麼爛又這麼誠心、迫切想要知曉的問題才會小聲地對神明說。

「既然你的直覺這麼強。」

「嗯？」

「那你知道我現在在想什麼嗎？」

那是個暗處，弓長張的臉在背光處，看不清楚。

阿凡一陣惶惑，他當然不知道眼前的男人在想什麼，過去不知道，現在不知道，未來當然也不知道。他的直覺沒給自己任何提示。

高大的男人俯下身子，吻了上來。

婚姻大吉

這段時間內和弓長張的發展還算順利，雖然兩人都沒有把彼此之間的關係說開，但至少一般人認定的戀人該做的事情都做過了，爬山，看電影，看夜景，兩天一夜的小旅行，在觀光地假造的日式建築裡花三十元買一支籤，大吉，直到他們夜裡躺在床上隨手用手機一查才知道所有的籤都是大吉，弓長張訕訕笑過，睡了，而一旁的阿凡在那夜裡澈底失眠。

弓長張並沒有公開什麼，無論是公司或是社群上，他沒出櫃，也沒有透露自己任何私事，感情生活保密至極，彷彿這麼小心翼翼是在保護阿凡似地，畢竟大家都說職場戀愛最要不得了，所有人都眼睜睜盯著看，隨時拿來說嘴。他也與阿凡保持原本的一般同事的距離，在人來人往的茶水間點頭寒暄，跨組會議時也不特意交談互動，他說，這樣對你我都好，你也知道辦公室那些人閒來無事最愛嚼舌根。而網路上的弓長張經常轉貼一些批評歧視言論的文章，在社群上高舉彩虹旗，在大頭貼加上特效框，參加遊行時手裡拿的是「異性戀挺同志」標語，有人留言探問他，他沒承認，但也沒把話說死。另一端的阿凡默不作聲，不管是對議題的，還是對他，阿凡深怕那些文章自己轉貼多了而被保守的長輩或親友討厭，另一方面，阿凡只是在弓長張的貼文底下數著幾個人送出表情符號或是其他回應之後，把自己偷偷地混在裡面，成為一個孤寂的，小小的大拇指之一，重疊在許許多多個發著藍光的大拇指裡，分不清楚誰是誰。他害怕破壞自己好不容易順行的命運，就算他著實想宣之於眾，或至少讓周遭近友知道這些事情，但想到學生時代那些告白過的人就打消念頭。

第二次阿凡還是提早一步感覺到什麼，那是一個近下班時間的傍晚，天空灰沉沉地彷彿早已深夜，他突然想把上次旅行時，託路人替他們攝影的合照放上社群。選好照片並在標註自己和弓長張之後，空白處跳出提示「介紹一下相片背後的精彩故事」，阿凡望著這句話發呆許久，手指頭就停在螢幕前凍結一般，結果什麼也沒寫就送出了。

「發生錯誤，我們會盡快修正問題。」貼文沒有標記成功，就像是自己自作多情地發了一張兩人合照的樣子，當然，照片也沒有出現在弓長張的動態牆上。他尷尬地把照片刪掉，裝做什麼事情都沒有發生過那樣。

阿凡抬起頭，一秒，兩秒，三秒，上次沒換的另一支燈管就在他眼前熄滅。

但這次弓長張並沒有拿著新的替換品走來，阿凡本來想丟個訊息給那頭的他。隔板裡的他站起身，走到了主管的辦公室裡，一陣子後，走了出來。

離職的消息很快地就從部門群組裡傳開。雖然沒有引起太大騷動，畢竟員工來來去去，在同個業界跳來跳去是很正常的，但好奇的同事們還是在群組裡問著怎麼這麼突然，有誰知道嗎？弓長張接下來要去哪？該不會得罪誰了吧？也有些員工聚攏在一起竊竊私語，一個人坐在位子上發愣的阿凡顯得特別奇怪。

社群應用程式上突然顯示一個紅色的「1」。他點開，卻沒有任何新的通知，跳出去再點開，仍沒有任何新的通知，像是一個不知道是誰的腳印踩過他的身體，輕盈地跳開。

不對，不一樣，這次一定不一樣。

燈壞掉的時間是會前後輪替，有重疊的時候。社群又顯示一個紅色的「2」，一個不認識的人在他的貼文上，送出一個「怒」的表情。

3、4、5……

偏偏是這種時候，當他下意識地又抬起頭，第三支燈管閃了一下，第四支，接著，整個辦公室的燈都黑了。

「燈是怎麼壞的？」有人問。

阿凡盯著他的手機，6、7、8、9……

那是唯一亮著的東西。

平行

蕙蓁剛考到駕照，拿著那張長方形、只有名片大小的證件，她的手看起來還是莫名的小。

即使只是一台油電小車，她坐上去的樣子，在哲軒眼中，就像個小孩開大車。

這車是親戚退休時購入的，原本是代步用的，所以不要求內裝和馬力，也不想放大量的東西，因此車後行李箱較大的車款都不考慮，選了一台沒有屁股的車子，樣子就像用羊毛氈戳出來的天竺鼠車車。但買來也不過半年，好動的孫子總在後座爬行、吵著要坐大車，去大賣場的次數也比想像得多。小車不合用，於是只能另尋出路。

原本從照片看不出端倪，直到親眼見到車的當下，她有一種熟悉感，但不是一見如故那種美事。親戚說：這種小車最適合新手了啦，如果沒有車位就更要考慮買小車了。這的確是個優點，但她只想著這台車跟她一樣，都是沒有屁股的，身形乾癟的她怕自己一坐到駕駛座上就像購物台裡示範用的雞蛋，掉在廉價的墊上應聲碎裂。

不知是親戚盛情難卻，還是她無法承受別人的情感勒索，車子最終還是過手給她了，用兩萬元的甜甜價買了不甚滿意的車。她對自己說，第一台車最好不要太喜歡，也不要太好，畢竟新手駕駛，磕碰是很常見的事情。如果人生第一台車是千挑萬選、自己心動到不行的新車，那麼，但凡一顆小石頭砸到擋風玻璃，都會讓人心碎一輩子。

儘管是二手貨，也一樣不能隨便上路。

久違的約會日，蕙蓁亮出她新到手的行照駕照時，哲軒露出訝異的表情，彷彿認定她不會拿到駕照似的。蕙蓁很識趣，請他來的理由是要他帶她多練幾次車，她說：「好不容易才考到，還是多練習幾次吧。」

路邊停車的步驟是這樣：把車開到與停車格前一輛車平行，略微後退一個車頭的距離。將方向盤打到底，開始倒車。

約以四十五度的角度切入停車格，直到可以從後照鏡看到後一輛車的車牌。

將方向盤回正，並持續倒車直到車身完全進入停車格。

可在格子內稍微修正，調整前後車距，也讓車身與道路呈現平行的狀態。這樣就完成了。

「想像你用車子寫了一個S就好。」

「如果不倒車，從後面直接往前切進車格呢？」

「不太有人會這樣開吧。」

「我以前看過耶。」

「也不是不行啦。但是，車子是靠前輪在改變方向的，如果從車頭進停車格，隨著前輪跑的後輪跟不上，很容易屁股停不進去，」他自己補充著，「會這樣開的要嘛是不懂，要嘛是停車格很寬，要嘛，就是開車很久、車感很強的老手。」

「從車頭進停車格通常是要提醒後面的來車『我要停這格了』，這是跟別的駕駛之間的默契。但還是得再開出來，跟前車平行，再倒車進去。其實到最後都是跟駕訓班教的一樣，從車屁股進停車格，」哲軒又嘮嘮叨叨說，「反正到最後都是一樣的。」

握在方向盤上的手掌滲著汗，此刻是最冷的一月，雨下完了，柏油路像一塊半乾濕的髒抹布被隨意拋置在地上。水氣一直吸走她的熱量，但掌心的汗就是沒停過。她知道自己是個很容易緊張的人，不敢放鬆，以往上班時是這樣，在家是這樣，跟哲軒相處時也是這樣，總像個小媳婦。她拿著皮包，就像自己房裡用雙手揪著葵瓜子的倉鼠，亦步亦趨地跟在哲軒身後。前頭的哲軒拿出鑰匙開門，她緊隨在後。他脫下鞋子，她輕輕關門，將他的鞋子放在側邊鞋櫃前並排好。

另一頭的床邊矮櫃上，分兩籠飼養的倉鼠，有了些許動靜。藍色籠子裡養的母鼠奮力地在輪子上跑著，黃色籠子裡養的公鼠還在曬太陽睡午覺。她總會一廂情願地覺得，如果母鼠跑步是有理由的，那一定是想努力跑到頂端，偷看隔壁的公鼠在做什麼。

「怎麼不養在一起呢，一籠一隻看起來比只養一隻還孤單啊。」這回，他又問了這個問題一次。

起初她只養了母鼠，後來多養公鼠時就曾讓牠們合籠，但兩隻倉鼠共處一室時只會打架。網上的鼠友說大部分鼠類都是獨居動物，想養在一起也不是不行，只是要長期培養感情。但倉鼠的壽命又太短，等到可以同居的時候都已經老了，打也打不動，再活也沒多久。不如從頭開始就分開養，就算得這樣透過籠子彼此對望，也比硬要撮合牠們反而讓牠們鬥毆互咬而渾身流血來得好。

「喔。那真是太糟了。」哲軒從籠子鐵柵欄的縫隙跟母倉鼠拉扯著乾燥胡蘿蔔片。

她有預感，如果他們的關係沒有結束，或就算是轉換成另外一種形式，同樣的問答還會重複好幾次。

＊

他們是同一家飯店的同事，哲軒是較早入職的飯店司機，而外文系的蕙蓁畢業後很順利地應徵到櫃檯人員。接電話、處理預約、接待入住或退房，得空喘息時，她抬起頭，就會看到淺茶色玻璃大門外頭，站在飯店廂型車旁的哲軒，身上穿著飯店配發的制服，不合身地像個麻布袋套在身上，一臉落魄可憐的他似乎時不時也望向她這裡。

哲軒的工作是將客人從車站接來飯店，卸下行李、引導旅客、交付行李給櫃檯。起初他們只是互相點頭致意，時間久了，哲軒會在休息室跟蕙蓁說話。她才知道哲軒在部隊裡是駕駛兵，退伍後在父親的車行當司機，飯店司機則是他第二份正職工作。

「算一算也開二十年了吧。」這是加上高中時還沒有駕照、就借父親的車去練習的時間，他偶爾會借父親的牌偷偷去跑幾趟賺個零用錢。

都市裡生活的蕙蓁從小到大都是搭車通勤，從沒想過自己駕駛車輛的感覺是什麼。課後的交通尖峰時間，她站在公車裡，看著車窗外亂竄的機車、隨意切換車道的轎車，喇叭聲雀起，就算義交守在路口指揮，車禍還是三天兩頭發生。每當公車車窗外出現傾倒的機車、呆坐路旁的騎士、手扠著腰的汽車駕駛，以及已經十足壅塞還是得鑽到前頭處理車禍現場的員警，她就慶幸自己是坐在別人的車子裡。和哲軒聊天時她總是疑惑，自己握著方向盤的感覺是什麼？他會說，這是一種「替自己負起責任的自由感」。

聽起來真是矛盾，畢竟她不曾真正負起什麼責任，至今，老家父母還是會按月匯給她近萬元當零用。上班時，她總覺得自己在參加體驗什麼什麼的營隊，隔天就辭職也無所謂。她最自由的時刻是待在租來的小套房，濕冷天氣裡開暖氣，瑟縮在被窩，用文具店購入的冰棒棍做成小房子，仔細塗裝，安裝保暖小燈泡，給倉鼠當成避寒小窩。

別說開車了，當蕙蓁說她連腳踏車都不會騎時，哲軒著實驚訝。

「不然下次我教你騎車。」他這麼說。

光是想到一個人如何在窄窄的車子上保持平衡，就讓她雙手滲出汗水，緊張兮兮地擦在沒有的屁股上。

輪休時，幾個同事自行規畫了小型的員工旅遊，其中一日就在樹林環繞而成的綠色隧道騎自行車。大家各自租車騎走了，哲軒才牽著一輛協力車來，讓蕙蓁坐在後座，要她熟悉一下平衡感。剛開始她雖然也出力踩著，但沒有踏實感，只是盯著哲軒的腳跟，覺得自己被拉著走。過一陣子他提議交換位置，讓蕙蓁在前控制。車子起步並不順利，歪扭一陣。哲軒說：一直以為自己要跌倒，就會真的跌倒的。

幾次停頓後她才能把雙腳放在踏板上前行，但蕙蓁知道一定不是只靠自己就能控制好車子，每每車身歪斜的時候，她就會感到身後一股力氣推著車子往前，又回到平衡狀態。如果不是害怕跌倒，她其實很想轉頭過去看哲軒的表情，一定是滿頭大汗地踩著踏板。

想到身後的他就覺得可愛。

這一刻，她因為能夠操控什麼而感到快樂。

隔天大家回到工作崗位，同事分享著旅行照片，有幾張是蕙蓁跟哲軒一起騎車，有些則是他們並坐用餐，甚至大部分合照裡他們總是比肩而立。同事擺出八卦的表情叮囑蕙蓁：他是已經結婚的人唷。但也沒有誰真的見過哲軒的太太。

「應該都是巧合吧。」她推託敷衍一下，閒話也就這樣消散，沒有誰真的在意。

當天下班她多繞了一段路，到寵物店裡買了另一隻公倉鼠和籠子，回住處組裝好，並排在母鼠籠子旁。公鼠一在木屑裡打滾，母鼠就站起身探看，彷佛觀望這新來的鄰居。出於好奇，她捏起公鼠脖子放進母鼠籠時，母鼠站起身、雙爪縮在胸前，仰望空降的來客。公鼠都還沒落地，溫和的母鼠就發狂起來，追咬著公鼠，讓公鼠翻肚哀號著。蕙蓁趕緊救起公鼠，放回隔壁籠子，而牠身上好幾處毛皮早已染上血色。

印象中母鼠為了保衛地盤，或拒絕求偶時比較有攻擊性，但總不會這樣一刻不得安生吧？她不死心，無論是將公鼠抓來與母鼠共處，或將母鼠抓進公鼠的籠裡，但結果總那樣，公鼠或躲或跑，或鑽進木屑堆裡不見蹤影，最後一見到母鼠就把藏在頰囊裡的穀物瓜子都吐了出來，拋下輜重逃生。幾天下來公鼠傷痕累累，而母鼠得空就在隔壁勤奮地跑著輪子，發出轟隆隆的惱人聲響，彷彿有意識地在運動健身。

隔天哲軒又藉故到櫃檯旁與蕙蓁聊天時，聽到合籠的血腥案例，他說，他倒是想到自己了。

「家裡的那位」總是莫名對他發脾氣，不是說他身上有怪味道，就是覺得他髒，就算洗過澡、換了乾淨家居服也還是不滿意，甚至有時睡到一半會被踢下床去。後來家裡養了一隻毛髮滑順的阿富汗獵犬，「家裡的那位」才把注意力全都放在狗身上，常常到環河邊的道路和公園散步遛狗。如此一來確實是不會對他發脾氣了，但也就是被當成空氣那樣。

聽到哲軒這麼說，大概是真的結婚了。

這樣讓蕙蓁也鬆了一口氣。

「真可憐。」雖然是聊著別人的事情，彷彿在替他人的苦痛哀悼著，但蕙蓁想起的是鼠友們的貼文。有一種主人是這種類型：表面上分享生病的寵物求醫經歷如何辛苦可憐，其實拐了個彎都在說自己，彰顯自己如何用心或備受委屈。儘管如此，她還是會在底下留個貼圖或簡短一句話，試圖讓對方知道她在表達「我理解你」。

「搞不好是籠子的設計不好呢？也許做一些隔板隔間給他們，不要直接面對面，就不會攻擊彼此了吧。」

說得也對，也是結婚過的人才能這麼有經驗般講出這樣的話來。

彷彿想像得到他與他太太分房睡時的情景。

「我去幫你看看吧。」

放假前一天蕙蓁值了大夜，下班已是早上七點。換上便服時，一樓大廳旁的餐廳已經陸續有三三兩兩旅客拖著腳步走進吃早餐，同事們正忙碌，布置餐桌的，上菜的，接待的，整理咖啡飲料機器的，各種噪音正要蒸騰起來。

她從後門離開，坐上哲軒的車。上交流道時，她收起了倦容，不僅是哲軒就在近旁，也因為窗外的奇特景象。

此處上下交流道的匝道口距離非常接近，近到如果沒有即時切入，很容易剛開上交流道，又直接開下去了，於是所有駕駛在這一小段路程不停找縫隙鑽，上來的車子從外側鑽到內側，要下去的從內側鑽到外側，車輛左右左右編麻花般穿插，就像國慶典禮時會表演的特技戰鬥機。這景象簡直讓她發瘋，緊握著窗戶上的把手。

「所有開車的人都有著同樣的默契，別擔心啦。」

為什麼肯定大家有默契呢？如果大家有默契，那為什麼每天都有車禍發生？難道你沒遇過那種迎面而來的兩人都想要為彼此讓路卻撞在一起的時刻嗎？蕙蓁暗暗想著，越是這樣想，哲軒那莫名自信的表情和語氣在她心裡就越是膨脹，像幼幼台裡穿著倉鼠布偶裝的小鮮肉，用極其卡通的方式，每說一個詞，一句話，都要揮動雙手、擺出不同的姿勢：所有～開車的人呀～都很～有～默契唷！

兩人去寵物店和文具店買了些材料回家，替母鼠的籠子裡做了一些柵欄隔間，再次抓起公鼠的時候，蕙蓁罕見地被公鼠咬了一下。她嚇了一跳，把公鼠半放半拋地送進原本牠自己的籠子裡，公鼠躲進了塑膠組裝起來的隧道中。

哲軒牽過她的手來檢查，找不到傷口，但找著找著，也就不像在找傷口了。他按摩著她，用指尖指節來回輕壓著她的手指、手心、手腕、上臂，有順序地移動著。哲軒的手很大，大到如果玩拇指角力可能永遠都贏不了他。

「我學過按摩喔，以前車行的前輩教我的。」他自顧自解釋起來，又說起自己在家裡的慘況。

其實不用刻意說明的。但蕙蓁也沒多說什麼，擺出了解的表情就好了。

一旁的母鼠爬上籠子頂端，但這次不是看著隔壁的公鼠了，公鼠早就不知道躲去哪了。母鼠只是直直盯著她看，像是從來都沒見過那樣好奇、專注，眼珠子都凸出來了。

沒有任何經驗的她此刻突然要上陣了，還來不及擔心自己今天內衣褲的款式，第一個想到的是自己那扁平的臀部，衣服包起來就看不太到的東西，這一刻突然要扯下包裝，讓她焦慮得像是啃著冰棒棍小屋的母鼠。

從那天起，兩隻倉鼠都會在這樣的時刻，出奇地安靜。

*

疫情發生時，蕙蓁才剛領到第一次的年終獎金，以為風平浪靜的生活會持續向前航行，想不到她在春酒後就被資遣了。

失業的蕙蓁待在自家，靠著同學的介紹接了幾個商務翻譯案，老家也持續匯款給她，再加上先前的資遣費和一些零碎的政府補助金，生活無虞。哲軒是資深員工，飯店司機職位本就不多，還是需要接送隔離的旅客。他告訴她他還在飯店留任，但工作量變多，不僅開車，空閒時還得幫忙客房消毒、替隔離者送餐，有時充當園丁修剪草木，忙得團團轉。

她有空閒時就丟訊息給哲軒，他常是已讀大半天之後才回，有時回覆訊息時已經是隔天一大早，伴隨臨時插入的新聞通知：因疫病故人數如何攀升。窮極無聊的她算時間猜想這應該是他待在駕駛座上，等紅燈的空閒中才能丟給她一兩句話。這讓一個人悶在住處的她非常焦灼，越焦灼就越覺得他可憐，疫情前就和家中的那位如此水火不容，疫情後呢？顧不得身分未明的病毒，她戴上口罩、墨鏡、帽子，把自己包得密不透風，提著酒精、洗手乳和幾盒口罩就出了門。

街道空無一人，捷運月台也寥落冷清，清潔人員忙於擦拭扶桿握把消毒。蕙蓁上車到下的路程中只換了幾次氣，不由得佩服起自己來。他應該還穿著那套寬鬆制服，可憐兮兮地站在正門外等著出車吧？但實際上她只看到側門棕梠樹叢裡有個人把口罩拉到下巴，蹲著抽菸，滑著手機，似乎沒有他說得這麼忙碌。

蕙蓁看見他時，有點開心，有點失望。悄步走到他身旁，蹲了下來。

「你怎麼來了？搭車來的嗎？」哲軒拉上口罩。

「我送點防疫物品給你。」

「我有，家裡屯了一點，你留著用。」

「我以為你家沒有。」

「有啦。」

「我之後會去駕訓班。」蕙蓁說。

「也得等疫情過去了吧。」

兩個人盯著袋子裡的東西沉默了一下。

蕙蓁把紙袋遞給他時突然覺得有點後悔，應該把裡面那張出門前趕忙寫滿情話的小卡抽掉的，不知為何，想起自己寫「無論如何都要健康平安喔」這句話非常蠢，眼前的他不就好好地蹲在那裡閒閒地抽菸？他深吸最後一口，把菸彈飛，接過袋子時故意握住了她的手。

她有點猶豫要不要離開，在心裡暗自想著，拜託，說些太太的壞話、脾氣很差、婚後身材走樣、她和她的狗都會發神經亂咬家具之類，什麼都好，但哲軒也沒有要多說什麼。她起身走遠之後回頭一望，不知道什麼時候哲軒又點起一根菸，閒散無事般地隨意盤著棕梠樹叢旁澆花用的水管。

*

考駕照的事情不是隨口說說的，她一直想自己體會什麼是開車人的默契，也想讓自己更成熟、有用一點。她上網查詢駕訓班的報名和師資評價，直到疫情才稍被控制住，就立刻報名。還因為這場大疫之故，許多人不敢出門，駕訓班祭出折扣招生，一來，她幸運撿了便宜；另一方面，教練也有比較多的時間個別指導。

負責蕙蓁課程的陳教練年紀與她父親相仿，網友說陳教練是嗓門比較大，口氣比較凶，但其實人很好，他的學生沒有一個考不過的，尤其道路駕駛教得特別用心。雖然總像是從老綜藝節目學來的說些五四三幹話把空白填滿，但他給學員的提醒都是非常實用的。然而對蕙蓁來說，陳教練的確語氣粗了一些，就算戴著口罩，音量還是震耳。有時她吃力緩慢地打著方向盤，教練不免在一旁急起來：「車子不是精品包，不用這麼溫柔對待啦。」出手抓著方向盤往下扯就打到底；蕙蓁踩油門和煞車時總是太過溫柔，教練不耐煩就踩著自己腳底下加裝的控制器，使勁得像是踹仇人的臉，一邊開她的玩笑：「你是貴妃泡溫泉，用腳尖試水溫喔。」

駕訓班裡的一切體驗都讓蕙蓁感到新奇，就算只是握著方向盤在駕訓場轉，彷彿自家的倉鼠繞著籠子跑，她有時會引頸望向外頭的平面道路，彷彿眺望著什麼，等到教練真的帶她道路駕駛卻又緊張得半死。她將這一個多月以來的歷程和陳教練的話轉述給哲軒聽，哲軒戴著口罩，看不出表情，又彷彿沒在聽，拿鑰匙開了套房的門，前後走進屋子裡。天氣越來越熱了，他自己拿遙控器開冷氣，設定二十六度，一屁股坐上她的床；蕙蓁把他隨意脫置的鞋子並排一旁；兩隻倉鼠剛剛還安安靜靜的，現在也探頭活動著，弄出一點白噪音，不讓沉默把空間弄得粗糙顛簸。這幾次的道路駕駛總讓她想到這段時間以來哲軒到她房裡的情景，好像他們之間有一套規則，每個行為都不僅僅是行為本身，同時也是一個燈號。他給個訊號，她做出反應。他走在前頭，她跟著他。他剝去她的衣物；她配合著節奏；倉鼠頓時安靜，在一旁窺看直到結束。

「我下週就要考照了，有沒有什麼要特別注意的？」

蕙蓁本來不是想說這個，她想問問他家裡的狀況，可是怎麼問也不會有什麼更新了吧，那些抱怨若是在幾個月前，他說得起勁，她也樂意聽；但到了此刻，這些訴苦就像是早已燃滅的火種，如今他想要的跟她所做的是差不多的，他想不動聲色地維持這樣的關係，她也會安靜地配合。雖然疫情後她的生活有許多改變，覺得自己好像可以握住更多東西，比方考完駕照之後，她還打算去線上教學平台應徵，成為英語口語家教。另外也想去報名烘焙丙級證照班。如果可以，她還想回母校系讀個碩士。她的短期目標是把自己吃胖，讓自己比較肉感，但偏因為體質關係是最難做到的。

身旁的他大概對這些不感興趣，卻一直摸著捏著她乾癟的臀部。

她真的好討厭這樣。

＊

不意外地蕙蓁順利通過考照，跟以往的差別是，她現在敢多用一點力去扭方向盤和踩油門以及煞車，細心的她，那些看柱子看燈桿打方向燈等等自然不會疏漏。櫃檯跟蕙蓁說過幾天就可以來拿駕照，陳教練從一旁的休息室出來送別學生時，驚呼蕙蓁在課程剛開始怕成那樣，現在卻是滿分過關的學生。

她在離開前問了教練「駕駛之間有默契」這件事，教練說，有啊，默契好就是守規矩的遇到守規矩的、不守規矩的遇到不守規矩的；默契不好就是守規矩的遇到不守規矩的，不守規矩遇到守規矩的，兩邊都在車裡罵對方是雞腿換駕照。

「互相啦，互相。」教練說這句話時就像是在模仿某個過世的老藝人在午間長壽劇裡說的話。

蕙蓁拿到駕照，親戚把車交給她之後，第一件事情就是買了個鬆軟有彈性的椅墊放駕駛座，一屁股坐在上面，覺得自己是一顆有巢的蛋。

小手握在方向盤上，跟著導航開上快速道路時，她突然感到這比滿是行人和機車的平面道路好開得多，儘管還是在匝道口表演了一次國慶戰鬥機穿插的特技，但這次自己是表演者之一，她能夠感覺前後車輛的駕駛都在觀察彼此的動向，像是幾年前高中聯合舞會裡，察覺到身旁幾雙陌生的眼睛正在盯著彼此的姿態，隨順對方的動作而移動，本來有個男學生一直貼上來要搭話，但她就是覺得自己一定有一個地方很糟，很沒魅力，緊張得直直逃竄到女廁裡，不停調整服裝，以為自己屁股把裙子吃進屁縫裡。

原以為的默契是不言而喻的、一見鍾情式的，就像她第一次透過大廳玻璃門看到外頭的哲軒，而哲軒彷彿也望向這裡似的。

但其實不是的。

當她開車經過飯店外頭，發現整面的玻璃和自動門貼了遮光膜，因而完全看不見大廳裡頭時，她著實愣了一下，才轉彎離開。

驅車直往河堤，公園裡有歪七扭八翻著單槓的小孩，邊談天邊讓老人出來做日光浴的看護。她試著從犬種和長相辨別或許其中有她想找的人，毛髮長如絲的黃金獵犬，拉扯著不肯走的固執的柴犬，因為出門散步而尾巴翹得老高的台灣犬，還有走路時不停扭著肥滿屁股的柯基犬。她在飯店當櫃檯時從來不曾見過這些狗，當然也不會知道哪些旅客養了什麼寵物，他們與牠們之間是否真的相像不得而知。如果哲軒的太太養的是馬爾濟斯，那麼她應該也會緊張兮兮的，因為一些風吹草動就連珠砲地吠叫起來，甚至應該有一頭燙著小捲而到處打結的頭髮。但哲軒說她養的是阿富汗獵犬，阿富汗獵犬是怎樣的狗呢？蕙蓁完全不知道，連名字都沒聽過。

週末蕙蓁邀哲軒來時，才跟他說她考到駕照了，要麻煩他帶她練停車。副駕駛座上的哲軒說了很多駕訓班教練也曾說過的事情，她一邊聽，小小的手掌一邊緊握著方向盤，故意前前後後挪著車子，好讓哲軒能跟她多說一點話。

「今天就到這裡吧，已經有個樣子了。」哲軒說。

她隨著他進屋子，把他的鞋子並排在玄關側邊，他打開冷氣，她倒水；他逗弄著倉鼠，她進廁所整理自己；他問「怎麼不把兩隻養在一起，這樣才有個伴，可以一起運動」，她解釋倉鼠比較適合獨居。

「那真是太糟了。」

床上的她發出細微的聲音，配合著哲軒的動作，無意間覺得自己哪裡不一樣了。又隔一週哲軒又來了，草草練完車就又進套房，結束後哲軒突地慘叫，一個灰色影子一溜煙跑走，母倉鼠的籠子門不知道什麼時候開了，又或者其實是沒有關好，他的腳踝上出現了一個釘書機般形狀的紅色痕跡。

蕙蓁裸著身子，追到櫃子下，把母倉鼠撈出來時，牠揪著不知道何時滾到那裡的葵瓜子，一股腦塞進嘴裡。

「牠怎麼亂咬人啊。」

「牠平常不會這樣的，真奇怪。」

「因為你是牠主人，牠認得你呀。我太久沒來，牠可能忘記我了。」

「牠大概把你當成了公鼠吧。」她捧著母鼠放回籠子裡，確認門上的卡扣確實扣上。當天他們有些不開心，他說她最近變了，有點冷落忽略了他，做愛時總是漫不經心的。但她只是一直在感覺自己的屁股好像長出肉來了，像是超級市場裡隔著保鮮膜戳整塊的五花肉那般自己彈起來，當哲軒用力衝刺時，她都像一塊生肉在床上彈跳著，因此默默開心著。他離開之後，蕙蓁放了好多葵瓜子和穀物進籠子，就像是天上掉下來金銀財寶似的，兩隻倉鼠迅速地把東西塞進囊頰，歡快地在輪子上跑動起來。

蕙蓁這幾天都聽著倉鼠發出的白噪音，一邊處理翻譯工作，或是準備碩班的考試。傍晚時固定會開車出門兜風兼練車，偶有收費車位時她會開進去之後又立刻開出來，已經熟練得像是開車數十年的老手。然而她還是會開到河堤邊閒晃，本不期待發現什麼，但仍想賭賭運氣。

這天終於讓她看見了。

前方是哲軒以及一個牽著狗的人，有說有笑地漫步著，一旁毛髮柔長亮麗的，想必就是阿富汗獵犬了吧。她從沒想過原來阿富汗獵犬的毛髮可以吹整成中分的髮型，臻至女星秀髮那般整齊亮麗，擺動著修長的四肢，優雅地用肉墊踏地。她踩下油門與他們平行，甚至故意多出一個車頭的距離，轉頭確認哲軒身旁的她的長相，但在那黃昏的暮色裡甚至分不清是男人或是女人，只看見一個被長髮剪出的側影，沿著如獵犬般英挺的鼻子向下，脖子掛著一個小巧的喉結。

「他也跟我一樣，」蕙蓁第一個念頭迸出的一句話是，「也是個沒屁股的。」

哲軒認出身旁詭異滑行的是她的車子，慌忙地撇過頭，繼續往前走著。

她這才加速離去。

不，其實她又繞了一圈回來，看準哲軒的背影，踩下油門，砰的一聲，像是停車時把輪子靠在輪檔那樣碰上哲軒，把哲軒推倒。

剛剛好。這是她密集練車練出來的力道。

她滿懷歉意地下車關切，直到跌坐在地的哲軒不知該究責又或該裝作不認識，而錯亂地說出：「沒有關係，我沒事」，她才訕訕離開。

當晚蕙蓁睡得很好，做了一個很好笑的夢，隔天她笑到醒來，自己的雙頰發痠，嘴角滿是口水，但早就記不得夢境內容。

而兩隻倉鼠的籠子門不知道什麼時候開了，母鼠早已不見蹤影，一旁公鼠躲在塑膠隧道裡，彷彿有什麼，正要襲來。

衣蛾

被辭職的當天，柏昀並沒有像影集裡看到那樣，搬著一個塞滿辦公用具的紙箱，沮喪地從公司走出來，經過停車場的時候天空突然下起大雨，或是紙箱突然落底，雜物散落一地，讓他得像拾荒者一般狼狽地撿著。他是被辭職的。

被動的主動，根本是一則摸不著頭緒的悖論，就像社區裡對他身為物業保全的投訴：有人說他長得太瘦小了，根本沒辦法當保全，尤其這裡是全國犯罪率和擁槍率最高的地區，應該請比較可靠的男保全來。也有住戶的投訴寫：長得太斯文了，鼻梁細挺，眉毛細長，但眼睛小、有三白眼，夜裡被這位保全盯著的時候不是很舒服，網路上說這樣長相的人是最容易犯罪、有攻擊性的面相，還附上資料命理網站網址以茲證明。

物業經理告訴他這些的時候，他瑟縮的手貼在西裝褲兩側，隔著褲子，右手不斷摸著口袋角落裡因為洗衣後而堆積著的柔軟突起物，紓壓玩具般偷偷捏著。

跑完離職流程之後，把員工證繳出，脫下制服換上已經穿成荷葉邊的柔軟上衣，全身上下剩一個皮夾。看起來清爽舒坦，但其實這種感覺也沒有想像中的好，畢竟整個社區物業公司的同事都知道他要離職，卻什麼也沒多說。

管理室的牆上，總是會有衣蛾。

一條細小的淺灰色的衣蛾掛在牆上靜止不動時，就像是粉刷時不小心遺落的漆塊，沒有人在意。等到真的動起來的時候，通常都已經羽化成灰黃相間、醜醜的蛾。不像蚊子會吸人血，或是像果蠅在食物上盤旋，衣蛾真正羽化成蛾時會逕自飛走，這樣，就更沒有人會在意了。

他之前總是會在值大夜班時，一邊看著監視器的分割螢幕，一邊注意到螢幕後頭的牆上，莫名就多了一小條掛在那裡的灰色碎片。原本是沒感覺到什麼的，但某天他突然注意到那條灰色的鼻涕明明在分割螢幕的第一排的視窗旁的牆上，不知怎地悄悄地往下爬了，越過了那條分隔線一點點。他好奇地用手指戳了一下，尖端就伸出一隻蟲頭左右探望，迅速地又縮了回去。

「噁唷。」這讓膽小的他渾身雞皮疙瘩都聳立起來，原來這是一種生物，不是什麼礦物質或無機物之類的東西。

女友鴨鴨說那叫做衣蛾，是一種蟲子，灰色的梭狀外殼是它分泌出來的細絲包裹著碎屑和灰塵做出來的巢。如果家裡沒有經常打掃，或是天氣潮濕、水氣容易滲入建築物的狀況，很容易就長出衣蛾來。他其實見過衣蛾成蟲的樣子，但沒有見過衣蛾還在繭裡、沒有羽化的模樣，當然，也不知道牠的名字。

那天他第一次被投訴，因為太專心盯著衣蛾看，沒有向進門的社區住戶打招呼。

然後就會有無數次的投訴。

好像是這麼說的，如果發現一隻蟑螂表示家裡應該還有很多隻，螞蟻也是如此，見微知著嘛，以前國文老師說的，他記得。

住戶看著他時，是不是也像是看蟑螂螞蟻那樣？

之前要去當物業公司的員工時，當過管理員的朋友就跟他說，小社區的話可以啦，反正住的人不多，跟社區主委以及一些活躍的住戶打好關係就好了。房價略貴、屋齡較新的大社區就算了啦，那種有點錢又不算太有錢的人最難搞了，以為自己收入比別人高一點，眼睛就長到頭頂上了，結果也就是一群雞腸鳥肚的普通人。

柏昀後來才知道是真的，而且這群雞腸鳥肚的人特別愛網購，他天天都在處理各種包裹，一天之中有早上八點送來的某動物貨運的最急件，十點送來的是全國最大購物網站還養了自己的物流車，十二點有海量餐點外送，下午還有一批飲料咖啡，晚上則有飄出奇怪味道如臭豆腐或榴槤的披薩盒，外加十一點的郵局包裹和信件要分類投遞到住戶的信箱裡，瘋狂下殺的購物節和春節前還特別多貨物送來。零零總總，柏昀只要一個轉身背對，或是替包裹拍照上傳到社區管理應用程式時，就極有可能漏掉一個剛經過大廳的住戶的招呼問安，或是忽略掉前來某戶的作文家教的訪客登記。他本想把每個包裹都輕拿輕放陳設整齊，或是把外送桌上的餐點按照棟別和樓別排序，但到最後也只能敷衍過去。有好幾次還因為包裹裡的易碎品不知道是被物流公司還是自己摔碎了，而得負起賠償責任。他在管理員日誌上客觀地寫下事件經過，在自己的手機記帳應用程式上用紅字輸入賠償金額。

一開始還有一點在意，後來漸漸也就習慣了。投訴往總公司那裡呈報，往下對社區經理究責，社區經理對他碎念，他捏著口袋裡的碎屑，碎屑越捏越小越密，但不會捏碎消失。到最後那些指責彷彿就變成他的工作場域裡一條一條停在牆上的衣蛾，他沒有去掃除這些昆蟲，他的同事們也沒有，他們不停地留意大廳、電梯和走廊過道的整潔程度，無暇顧及住戶看不到的管理室更內層的地方。直到他要離職前，他還特意數了一下管理室裡現存的衣蛾一共有二十八隻，比想像的還要多。

而螢幕旁的那隻，很久很久以前就已經不見了。

鴨鴨在超級市場工作，以前也見過那掛在牆上的灰色鼻涕但不甚留意，直到某天一個顧客問她櫥櫃用除蟲片的商品位置，並跟她說衣蛾會吃書本紙張和各種衣料，她才知道，原來這小碎片不是什麼壁癌的前兆，而是活生生的昆蟲。

「看，這就是衣蛾的樣子。」這個顧客是一個經常來購物的阿姨，拿圖片給她看的時候，手機不斷跳出各種訊息通知，內容似乎都是一些家事小常識，或是某某食譜網的影片通知。阿姨說，也不只會吃紙張跟衣服啦，牠還會吃一些皮屑或毛髮之類的，家裡打掃得勤一點也許就看不到牠了。

從那天起她會不斷留意超市和家裡的牆面，一旦發現衣蛾就用小掃把掃下來，放進空的雞精瓶子裡，先塞到口袋裡，繼續原本手邊在處理的事情，比方整理商品、盤點、更換商品陳列的標籤以符合新檔期的促銷，忙完之後偷空把瓶子按捕捉順序放到倉儲後最邊緣的層架上。於是只要走進超市倉庫最內部，就會看到高處有一排詭異的罐子，每隔一兩天就會有一隻衣蛾由左到右依序羽化，安靜地振翅飛著，一眼望過去就像什麼古老的生物曆法罐，提醒著她把蛻變的衣蛾放飛。

柏昀雖然不大理解鴨鴨為什麼這麼做，但也不排斥，有時看著放在罐子裡的衣蛾，反而覺得自己跟衣蛾相像。

直到柏昀在平日早上九點這種奇怪的時間點走進她工作的超市，她才知道柏昀失業了。

「怎麼之前沒有聽你提起過啊？」

「就，挺突然的，我也沒意料到。」

「喔。」

鴨鴨穿著羽絨外套，在溫度非常低的生鮮肉品區上架魚貨和再製食品，接著換上新的商品標示，綜合丸的標籤紙上頭用粗大紅字寫著「驚爆價：2件99元」，一旁一行較小的黑字寫「原價49元」。

「這樣誰會拿兩件？」

「很愛吃丸子的人吧，總之為了省下一塊錢而多花兩倍的人多的是，也有人是光看到特價就會放進購物籃的。」鴨鴨不以為意地說著，一邊蹲著整理架上的貨物，把保存期限較近的往外擺，把新的補貨往裡推。

「不是，你有看清楚嗎？」

「什麼？」她停下動作，拿起標籤再仔細一看，「嗯呃？」

拿出超市的平板電腦搜尋商品資料，確認無誤。再用無線電問店長，兩件特價貴一元有沒有輸入錯誤？店長回「沒關係那是上頭的資料就這樣用」，滋滋作響的電波讓人聽得有些不清楚，好像有些什麼訊息散佚在空氣中。

那個無足輕重的一塊錢，就像他在搭車或是看電影的時候從口袋掉出來，卡到縫隙裡的零錢，柏昀是會急著伸手去撈的那種；而鴨鴨卻剛好相反，如果陷得很深，或是掉到地板上，俯身沒看到，就會果斷放棄的人。不知道為什麼他想起兩個人第一次約會的時候，沒有事先說好就很有默契地AA制，結果點了固定價錢的雙人套餐，奇數除與二，多出來的一元就由鴨鴨付了。後來他們，其實只有他，算了一下，發現那家的雙人套餐也是比逐項單點還貴上一塊錢。

不認識的顧客竄過他們中間，輕聲說了借過，拿起兩盒綜合丸放入籃子裡。

「吶，看吧，還是有人拿啊。」鴨鴨用眼神示意，柏昀彷彿聽得到她像鴨子一樣扁扁甜甜的聲音說著。

「等你下班來接你。」

也是很久沒有一起在外面吃飯了，因為鴨鴨就在超市打工，總是會搜刮即期品回家裡屯，八折的肉品，六折的蛋糕，四折的開架品牌精華霜，被膠帶捆在一起的家庭號鮮乳和附贈的調味乳，她總會說：「就算真的過期也不會怎樣啦，聞一聞就分得出來是好的還是壞的呀。」於是就看到她從冷凍庫拿出過期的雞腿排聞著，確認沒問題後丟進鍋子裡煎到焦赤，再加蔬菜、水和咖哩塊，這是他們最常吃的晚餐。運氣好的話就會撈到即期品熟食全餐：冷滷味、涼麵、毛豆和烤麩，不用開火就解決了，但為了防止食物腐敗而過油過鹹的調味著實讓柏昀吃不習慣，只好一直把花干和豬耳朵撥給鴨鴨吃。夜裡鴨鴨再用大量快過期的精華霜混化妝水充當精華液，以化妝棉蘸取，貼敷在整張臉上，遠遠看過去，就像柏昀每天盯著看的監視畫面分隔視窗。

他說不上來兩個人到底誰比較節儉，都是打工族、收入不高的兩人，相較起來，鴨鴨是很會撿便宜沒錯，但她不是個斤斤計較的人，彷彿那些圖謀小利的行為只是求個心裡爽快。而真正會一筆一筆記帳的反而是他自己，當他要把即期品晚餐的價格平分給鴨鴨時，總會遭到鴨鴨心不在焉地拒絕。但這樣會讓柏昀不太舒服，好像自己為了彼此之間的計算被否定了似的。他沒有直接跟鴨鴨說這些，猜想她應該也不會注意到吧，尤其是當鴨鴨邊吃東西，嘴巴像破洞一樣邊掉食物的時候，都是他在清理的。如果還能吃就撿起來放自己碗裡，如果不行就拿衛生紙清掉。

一開始還會說「啊，對不起」，後來她會說「不要這麼小鼻子小眼睛啦」，儘管她沒有任何惡意，看了柏昀的眼睛一眼，又裝作若無其事地撇開。

說起來，他其實比較喜歡鴨鴨的妹妹昀庭。

柏昀和昀庭是以前在加油站打工時認識的。名字裡同樣都有個昀字，一樣都有細長眉毛、秀氣的鼻子、小眼睛，昀庭做事也非常細心，交班結帳時也鮮少出錯，無懈可擊的服務態度總是讓她贏得每月票選的最佳員工。儘管每個人都喜歡和昀庭搭班，但實際上經常和她同樣主要在大夜時段工作的是柏昀。深夜的加油站只開了一道，除了兩人輪流顧加油機台，柏昀有時要負責洗車機台和打掃廁所，昀庭會另外負責小賣店裡的商品結帳，有時還負責推銷。每每看著昀庭總是抱著衛生紙、油精、玻璃清潔劑跑來跑去，甩動從棒球帽尾穿出的可愛馬尾，柏昀總是覺得幸運，也想著如果自己也能像昀庭對人這麼有親和力就好了。但柏昀那種不冷不熱、甚至因為自己的膽怯，而總是讓人覺得有點疏離的態度，偶爾還是免不了被顧客碎念、投訴。

「沒關係啦，我跟店長講一下。」

就這樣，柏昀一次一次被昀庭挽救。

昀庭和姐姐鴨鴨經常一起出席員工聚餐或遊玩的場合，都說「妹妹一個人在外面我不放心」，但其實她也不只照顧昀庭一人，只要年紀比她小的都會感受到她那種長姐近乎媽媽的貼心程度，讓這團體裡許多孤身一人到城市來打拚的打工仔都非常窩心。某次唱歌的場合裡鴨鴨也到了，不僅僅是來當包廂費的分母之一，鴨鴨一拿起麥克風的瞬間，場子就熱了起來。雖然鴨鴨的歌聲和講話一樣扁平，但她總是唱快歌，也沒人在意好不好聽的問題，光是看她載歌載舞的樣子就讓大家也非常享受在歡快的氣氛中。

柏昀那時並沒有對鴨鴨有任何的感覺，還是非常在意坐在點歌機台前面頻頻幫大家點歌、但自己一首都不唱的昀庭，於是挪動身子過去，請她點了一首男女對唱的歌。

「你要跟誰合唱？先說喔，我是不會唱歌的喔。」

「騙誰啊，我都聽過你在加油站哼歌了。」

「我哼得很小聲啊，你怎麼會聽見。」

「唱一下啦。」

柏昀伸手按下插播，昀庭還是推託自己不會唱，急著把麥克風遞走。前奏一下，柏昀唱完男聲第一段主歌，鴨鴨就拿起麥克風，一樣用瘪瘪的聲線接著唱：像夏天的可樂／像冬天的可可／你是對的時間對的角色。

大家鼓譟起來，昀庭也在一旁拍手叫好，一群人要把他們送作堆的態勢惹得唱歌的柏昀和鴨鴨都不好意思起來。

柏昀沒意料到事情會這樣發展，但還是接續唱著，直到最後一段副歌時，鴨鴨把麥克風遞給昀庭，昀庭這才勉為其難地開口。一直推託不會唱歌的她，其實歌聲非常清澈甜美，在場的人都錯愕著，原來加油站之花有這樣的才華卻從來沒人發現。但接著就算大家如何請求昀庭再唱一首，她不是好言婉拒，就是顧著吃東西喝飲料，假裝上廁所，抓著手機到外頭彷彿有重要的電話。

聚餐結束後同事們又沒懷好意地鼓譟，指名要柏昀載鴨鴨回家，而和鴨鴨同住的昀庭也附和要柏昀跟她的車。夜裡下起了東北季風帶來的毛毛細雨，雨水打在安全帽罩上，一個一個極為細小的點出現，轉瞬被風帶走。柏昀看著昀庭的背影，有一搭沒一搭地和鴨鴨聊天。

「是不是覺得我妹很棒啊？」

隔著安全帽，聽到這句話的柏昀，心裡一糾，下意識捏了一下煞車，差點因此在濕滑的路面上摔倒。還好他及時穩住車身，停在紅燈前，而昀庭早就揚長而去。

「我們從小就是這樣了，每個人都喜歡她，我也喜歡她。成績好，每年都當模範生。這就算了，我從來都沒聽過她跟誰吵架過，就算是我也跟她吵不起來。最糟糕的應該就是她很奇怪的吹毛求疵的個性吧，以前做家事的時候各做各的就好，她就喜歡說我哪裡做得不好，哪裡還髒髒的，但也不是指指點點，她就直接動手幫我處理好。」風聲呼嘯而過，柏昀終於跟上停在前一個路口的昀庭。

「這樣不好嗎？」他彷彿在替自己提問。

「跟這種人相處其實不輕鬆啊。」鴨鴨說這話時，可愛的扁聲裡，莫名有一種卡通小孩角色卻說出大人的話語，那種與年紀不相襯、太過世故的口吻。

那刻開始，柏昀就有意稍微跟昀庭之間畫一條隱形的線。

他把油門放緩，多拉幾次煞車。不是因為鴨鴨那句話而覺得昀庭可能很難搞，恰恰相反的，有可能讓人感到不輕鬆的，是他自己，而不會是昀庭。

更何況，昀庭喜不喜歡他、自己夠不夠格喜歡別人，都還是另一回事。

某個和昀庭一起卡班的深夜，柏昀正在打掃加油站廁所，卻聽到外頭突如其來的喧鬧聲。本想出去看看狀況，卻不由自主地躲進了廁所隔間裡。他一邊顫抖，捏著褲子口袋角落裡的棉絮，一邊盯著廁所牆上奇怪的灰色碎屑，一邊猜測外邊的狀況。是搶劫嗎？還是來找麻煩的？或者是喝醉酒的人呢？但他的感官像是失能那樣切斷所有訊息。等到下決心打電話報警之後，外頭喧鬧的聲音早已遠去。柏昀悄悄從廁所出來，看見收銀機尷尬地吐著，散落一地的商品、破掉的窗子，以及倒在地板、頭滲著血、上衣和褲子也被扯得凌亂的昀庭，瑟縮在車道上，像一個繭。

一隻灰濛濛的小蟲子不知道從哪裡飛了出來，停在昀庭散開來的頭髮上。慌亂的他確認完昀庭沒事之後，把自己的員工外套蓋在昀庭身上，接著檢查監視器有沒有正常運作，他反覆操作著時間軸，看著幾個騎車來的青少年先是對收銀機出手，接著推開前來阻擋的昀庭，錢財到手之後，就對昀庭動手動腳。

前來阻擋，被推開，擊暈，動手動腳。

被擊暈，動手動腳。

在那些小格子的連貫動作裡，昀庭其實看了監視器一眼，就在幾分之幾秒內的其中一個影格，那絕非毫無意義的瞥眼而過。

坐在醫院的長凳上發愣，直到鴨鴨趕來，拍拍他的肩膀，跟他說，沒事的，別擔心了，他才哭了出來。

在這之後昀庭銷聲匿跡，出院了沒有通知店長或任何一個同事，此後也沒來上班，彷彿躲著所有人似的不跟誰聯絡。而柏昀也從加油站離職了，就算小混混們都因為監視器而被抓到了，但柏昀還是跨不過那個障礙，只要留在那個加油站，他就會不斷經歷那躲在廁所裡的恐怖瞬間。後來他加入物業管理的行業，開始每天盯著監視螢幕看，只要有什麼狀況出現，他都可以立刻回報同事、做紀錄，甚至直接報警處理。這份工作讓他覺得很安全，各種意義層面上的——對他自己、或是對別人而言的——安全。

一次柏昀好不容易邀鴨鴨出來吃飯，點了雙人套餐。餐點很快就送上來了，熱騰騰地冒著煙，鴨鴨說：「先吃吧，我知道你想問什麼，她出國打工度假了。」

「這樣子啊……」

好像也是理所當然的事情，畢竟，就算昀庭還在這裡，柏昀也沒有臉見她。

「你不用擔心，她真的沒事。她沒有怪你的意思。說真的也沒必要這樣，你們都沒做錯什麼。」聽得出來鴨鴨有點生氣，但不是對柏昀發怒。飯後鴨鴨拿帳單去結帳，平分而多出來的一元也被動地由她付了，「就當作多出一個弟弟來照顧這樣，反正你們這麼像。」

後來他們就在一起了，也不知道誰比較主動，但柏昀一直覺得應該是鴨鴨先提議交往的，至少他自己是一個膽小的人。交往一直到現在，也已經三年多。至今柏昀還是沒單獨收到昀庭的任何消息，倒是鴨鴨會給他看昀庭傳來在日本烏龍麵店打工的照片。那綁在頭巾後頭，依舊整齊而柔順的馬尾，在照片裡反射出光芒來。彷彿那是昀庭花了許多時間，把那曾經被弄得散亂不堪的頭髮，一縷、一縷地梳整，綁束，才能再次體面整齊地站在檯前煮麵。

他想，那不是他可以幫忙的事情。

被離職的那個晚上柏昀去接鴨鴨，他們沒有直接返家，而是繞去吃一家無菜單料理的餐廳。雖然已經事前做過功課，錢都準備好了，柏昀還是非常手足無措，一直捏著口袋裡的東西，假裝鎮定地跟櫃檯人員報備訂位的姓名和電話。櫃檯服務生請他們在候位處的絨布沙發稍坐，等等就帶位。鴨鴨一看到要來這種地方吃飯，讓原本大刺刺的她都慌張起來：渾身超級市場的冰箱倉儲味，因為上班都穿圍裙而內搭亂穿，今天套著的，還是一件下襬沾到水餃醬油、污漬洗不乾淨的白色上衣。

「天啊，至少讓我塗個口紅吧。」她說。她從包包裡掏出前年生日時她買給自己的禮物，大手大腳地塗鴉，豔麗的經典磚紅色抹在太過稚氣的鴨鴨臉上，看起來就像卡通裡五歲的櫻田妮妮玩扮家家酒時的樣子。

服務生帶他們在店內一個靠牆的位子邊坐定，其餘的員工立刻送上濕紙巾、餐具和熱的牛蒡茶。

「欸，你看，衣蛾。」鴨鴨說。

「在哪？」

衛生紙盒和酒單立架的背後牆面，就掛著一條灰色鼻涕。柏昀看見之後有點不開心，半舉起手來準備叫店員來處理，鴨鴨安撫他，熟練地拿出外套口袋裡的雞精瓶子，用紙巾小心地把衣蛾刮下來放進罐子裡。

「別這樣，只是隻小蟲子而已。」

整餐飯他吃得很忐忑，不知道是因為第一次吃無菜單料理，不曉得食物和價格之間是否對等的關係；還是因為前菜的湯品送上來了番茄蔬菜冷湯，鴨鴨吃了一口裡頭的肉丸之後開口第一句話居然是「怎麼很像我工作的超市裡賣的綜合丸啊」，她開玩笑般地小小聲對他嘀咕；又或者他在意的是被鴨鴨關進瓶子，放置在桌旁的那隻衣蛾。

也有可能，是他準備已久的事情，讓他坐立難安。

「之後應該還會繼續當保全吧，但不會在社區裡了。」他想起管理室裡那些不注意就會被忽略的衣蛾繭，「我會趕快找到工作，你不用擔心。」

「沒關係啦，別急，你想放假一陣子也無所謂，我可以養你……但不知道能養多久就是了哈哈哈。」

「那個……」

當柏昀從口袋掏出準備已久的，正方形的禮物時，鴨鴨已然知曉他要說什麼，但還是笑了。她臉上那太老氣的口紅色號以及拙劣的化妝技術，看在柏昀眼裡，真是好笑又可愛。

可能有一種幸福，是他與鴨鴨才能共同擁有的。

罐子裡的衣蛾不知道什麼時候羽化了，長出翅膀，飛了起來。

蛤蜊

「蛤蜊是有靈魂的東西。」

想起這句話時，緯紘正在公司內偌大的員工餐廳喝著附餐的蛤蜊湯。他抓著大開的蛤蜊殼，吸走蛤蜊肉。他可以想像嘴裡的畫面：蛤蜊肉從殼上被拔起，咀嚼，儲存在肉裡的湯汁噴濺後瞬間萎縮，變成一坨類似口香糖的東西，吞嚥，抵達胃裡。

說起來是有一點點恨意的，「蛤蜊是有靈魂的東西」這句話是高中同學林說過的，卻讓他一直記得，迄今都不知過了多少年。

高中畢業旅行的環台行程從島的南端北上，到了西部，一群高中生脫下鞋襪走進潮間帶，拿著漁家供應的器具，鐵耙、網篩，在沙灘裡挖掘、尋找蛤蜊。緯紘、林和阿盟三人離開同學一小段距離，在團體的最邊邊，蹲在沙子上。林熟練地挖著，塑膠盒裡很快就堆起了一座蛤蜊山；緯紘想追上林的速度，卻總是挖到寄居蟹和小碎石；蹲在中間的阿盟一手夾著菸抽著，另一手拿鏟子漫不經心地敲打沙子。挖蛤蜊要用心眼看啊同學，林說，把這件事說得跟什麼超能力似的。

體驗的行程很快結束，所有學生被帶到岸邊，動手烤起親手收穫來的蛤蜊。網架上的蛤蜊碰到高溫後，就繳械般地從黑黑黃黃的邊緣冒出泡沫，不久，兩側的殼全然展開，坦露柔軟肉身，毫無防備。林迅速用夾子夾起殼緣，俐落地將乳白色的湯汁匯集進塑膠碗裡，遞給他和阿盟。

林的老家離此處不遠，從小被養蛤蜊的祖母帶大。小時候的林放學就往海邊的養殖池跑，幫忙祖母挖蛤蜊、篩選蛤蜊、幫蛤蜊換幾次池子，最後才會變成食材，在市場和餐廳之間流連。每每看著蛤蜊被貨車載走就想到自己，林也像蛤蜊一樣在老家塗墼厝與台北的電梯大樓之間遷徙，有時爸媽將他帶在身邊，有時丟包給祖母，是到了最後年事已高的祖母不再醒來，像個永遠闔上殼的大文蛤，肉身瑟縮在簡陋的床鋪和被窩裡，林才到台北來生活。只不過和林成為同學沒多久，都即將畢業了，緯紘才知道這件事情，感覺上才剛從遙遠的彼端靠近了林一點點，接下來兩人又要漸行漸遠。

「蛤蜊是有靈魂的東西，」林說，「明明就拚命把自己藏在沙子底下，但就是很倒楣地被發現了，還這麼容易被煮熟，一受熱就打開殼，而且這麼好吃。」

緯紘確定記得自己問了林那些不開殼的蛤蜊呢？它們是怎麼回事？卻一直想不起林怎麼回答的。記憶像是被消音的電影畫面，他只記得林回了一句什麼，表情是帶著笑意的，一旁的阿盟把那碗湯給喝了，聽不出來到底是稱讚還是訐譙地說了：「幹，好鹹又好甜。跟洨沒兩樣。」

林到底說了什麼呢？當下大家都還在取笑阿盟是吃過洨喔不然怎麼知道洨的味道，話語就被鮮明色彩的笑鬧掩蓋過去。緯紘還記得當天是林的生日，晚上的自由活動時間，他自己偷偷去飯店附近的麵包店買了小蛋糕和蠟燭，還寫了一張小卡片。回飯店在浴室點蠟燭時，卻聽到門外的林說：「今天不是我生日啦，我生日是明天六月十日。帳號上寫0609是故意的，69，提早一天的這個日期比較好記不是嗎？」

「可是你又不能決定自己出生的一切。」一旁的阿盟一臉漠然。

早就知道他是個完全瞞不住事情的人，肯定是剛剛出去買蛋糕時，阿盟說溜了嘴。儘管如此，緯紘還是好好替林慶生了，也因此發現，原來自己和林是同一天生日。

而且，他也把那張寫了一些真心話的卡片遞出去了，表達心意了。畢竟，也沒有其他同學會替林唱生日快樂歌。

林不是人緣差，但完全不能說林的人緣是好的。他跟班上同學的互動都很熱絡，無論是因為幹部職務、擔任小老師，或是天生個性如此，總是前前後後穿梭在班級裡，彷彿每件班級事務都有他的蹤影。但這並非大家都喜歡他，反而是因為他的特別之處，而會別有用心地和他調情。林的喜怒都寫在臉上，心情好時，大家就問他是不是又跟誰「買可樂」了；心情不好的時候大家就會說他是「約跑被拒」；心情不好也不壞、面無表情的時候就說：他一定是剛做完，進「聖人模式」了啦。緯紘聽到這些總感到不平，怎麼每個同學表面上看起來都是好好的人，講起話來卻這麼難聽，不管男的女的，成績好壞，幹部或非幹部，連週末跟著家人吃素淨灘發便當給獨居老人的同學，聽到這些，也會跟著訕笑起來，看上去這絲毫不觸犯自己的信仰似的。然而林卻好像一點也不介意，把整間教室當成是自己的地盤，更像是小酒店，隨處轉檯陪笑或佯怒，直到對方識趣閉嘴，他才關掉交際開關，回到自己的座位，社交電池耗盡般安靜休眠。

林應該不喜歡這樣吧，至少，一直都看在眼裡的緯紘不喜歡。幹麼把自己弄成這樣？把自己弄得這麼 cheap，這麼 easy，緯紘在劇裡學到的字，學校補充教材的英語雜誌上不會有的，說一個人下賤、卑劣、隨便，成語典上寫得更難聽，人盡可夫。

緯紘看著坐在前幾排座位的林，林的髮尾並沒有像多數同學那般用電剪斜推，而是自然留長，微微覆蓋耳朵和頸後，就像他在ＢＬ漫畫裡看到的誘受的髮型，不乾淨俐落，沒有殺傷力，舉手投足彷彿都在引誘別人對他欺侮或憐愛。但是，欺侮或憐愛，都是上對下的施捨或強迫不是嗎？任一個科任老師見到林時總會給予特別的照顧，遲交作業的罰寫都豁免，五十九分無條件進位到及格，或是指定成為小老師、獲得嘉獎的機會。同學們表面上沒說什麼，私下轉往網路的高中群組討論區發文，寫著「長得可愛就能當小老師，就能遲交作業，人醜錯了嗎」，或是底下嘴臭直白回覆的「綠茶男婊」、「欠幹臭人妖」——這些，在緯紘眼裡看起來都差不多，一樣令人不快。只是，一顆一顆沒有五官的人頭剪影，匿名起來，坐在雲端班級裡，誰也分辨不清這幾句話到底是誰說的、誰回的。唯一有名字的，就是在網路上從來都不說話的林，被指名道姓地攻擊，像是一張印出大頭照的紙靶不停被掃射。

緯紘的恨意並不全然來自於這些謾罵，他更恨的，是林在很早的時候就出櫃。升高二分組到新的班級，自我介紹時，林直接公開自己的性向。本來應該沒人在乎，全都在台下各自的抽屜裡滑著手機的同學們，聽到林語帶道歉、羞赧，又鼓起勇氣的複雜情緒說著：「大家聽了不要感到奇怪，也不要太激動……」聽聞此話的同學一個接著一個抬起臉來。

「我是同志，我喜歡男生。」

講台底下沉默一片，聽似沒有回應。同學們彷彿突然從長眠中甦醒過來，盯著台上扭捏緊張、手足無措的林，空氣凝結的幾秒內，大概只有緯紘理解那份不知如何是好的糾結，因為在台下的他，此時已經用右手把左手虎口捏到發紫，指甲都嵌進肉裡了，壓出一道明顯的括弧。

（這些是可以講的嗎？把自己扒開輸誠，就能讓別人接受那個太過特別的我嗎？此刻，都已經長大成人的他還在問著自己。）

只有班導師說了些官腔之類的話打了圓場，底下傳來疏散的掌聲，接著大家就把頭低回去，繼續盯著手機打字。輪到緯紘自我介紹時，跟其他同學一樣，只是說了些不引人注意的話。因為他看見，在大家低頭打字時，討論區上多了一篇熱門的文章。

〈剛開學就有人說自己是同性戀🤮〉

附和的回覆像等比級數般增加，直接把文章推爆。

「怕別人不知道喔。笑死。」

「要確定捏。」

「難怪這種人會去搞遊行。」

「同性戀有什麼好炫耀的，不然我也上去說自己是異性戀好了。」

「上去說呀，順便說你喜歡誰唷，GOGO～」

討論區還在熱鬧喧騰時，最後一個阿盟上了台，只說：「反正說了也沒人在聽，大家都在網路裡討論吧。我叫張敬盟，就這樣。」遂誰也不屌地走下去了。討論區裡倒是沒看到有誰對阿盟有任何意見，只有老師尷尬地想收拾場面，開始交代一些雜事。

從那之後班上很明顯地分成了兩個團體：討論區裡說話比較受歡迎的，以及像是林和阿盟這兩個不在討論區裡的人。緯紘知道自己是中間游離分子，知道這樣的角色不好說話，想安安靜靜瑟縮在邊緣當個人畜無害的角落生物，但這種事情一遇到分組就破功，躲也躲不了多久，如果不積極加入某一邊，很容易就被踢到邊緣人群組。緯紘一開始就討厭班上的核心圈子，又因為比較被動，別人連他的名字都記不得了，也別奢望有機會加入其他組，到最後就和林與阿盟湊成了一團。

「我當組長，陳緯紘來當副組長吧。」這是分組時，林的第一句話。

明明應該感到不妙的，緯紘卻有一點喜悅之情。

小組裡有林在其實很放心，林的成績很好，緯紘和阿盟的報告幾乎都是林罩的，尤其阿盟的作業或習題經常是林在課餘時間教他寫的。用不著林與許多科任老師之間的關係紅利，光靠林一個人，即使是邊緣人組的他們，也常常繳出漂亮的成果。

緯紘常常在分組討論或做實驗時盯著林的側臉看著，酒精燈點燃時，氣流把林的髮梢輕輕吹動，在臉頰的邊緣像沙灘上的海浪一般碎散，變成泡沫，消失不見；接著又是碎散，泡沫，消失不見。

緯紘著實感到混亂。

儘管在學校裡是不引人注意的班邊，但緯紘在網路上是忠實的二次元異性戀者，下課回家的公車上會在討論區裡高喊我婆涼宮、我婆雛田、我婆娜美的那種死忠瘋粉，一回到家就關起房門對著滿房間的掛畫、海報、公仔膜拜，上串流看動畫兩個小時直到母親生氣拍門叫他吃飯，這才肯離開自己的精神時光屋。偶爾他也會在深夜偷偷把門鎖起來，連上色情網站，戴上耳機，看粉絲自製上傳的十八禁動畫自己清槍。有一天他發現網站裡怎麼突然多了一個彩虹旗圖示連結，點進去時，就被畫面驚愕得按上一頁跳了出來，反覆在心裡對自己喊話「是同志在看的真人版男上加男的片子啦，國中的ACG社不就有社員會分享BL漫嗎，應該就是漫畫裡的那種關係吧，」又想著，「BL作品我也看過一些呢雖然不是本命但也不必大驚小怪吧」，便若無其事地繼續看著粗糙的我婆們變成肉片主角，在腦海裡補完作畫細節，好好發洩一番才滿足地睡去。

所以當緯紘越來越常意識到自己總會注視著林看時，他不免想到ＡＣＧ社的腐女們推薦他的作品（《什麼什麼暴君》或是《隔天就要成為新郎的他不小心睡了我同父異母的哥哥》），再次確認他對這樣的二次元並沒有感覺（至少誠實的身體告訴他：搖桿驅動程式並沒有啟動）。可是看著林時，心裡湧起的熱浪，和國中時喜歡女生同學的感覺是相同的。也許他把林當成了女生、當成了偽娘，或是用「這麼可愛一定是男孩紙」這樣一句網路哏試圖抹除自己和林之間本就存在的無形界線。也有可能他純粹只是喜歡林這個人，其他的都不重要。到底，他沒有跟誰透露一句關於此番的喜悅與混亂，林和阿盟都不曉得這件事情，他決定如常安靜享受著這彷彿夕陽西下的海水不停往心裡拍擊的感覺，直到自己的心臟被時間削刻，也許會留下一個永久的林的側臉般的海蝕頭像。

直到發生那件事之後。

那天是段考後一週，緯紘因病高燒，向導師請了病假一天，也睡掉一整天。傍晚醒來時才發現討論區裡一篇文章短時間內衝上熱門，似乎是有人把學校學生的性愛影片上傳，附上連結而遭到公幹，炎上爆文之後網站管理員立刻移除文章。此外還有一篇熱門文章是有人另闢戰場大罵：有種ＰＯ別人的影片，不敢留下名字嗎，臭俗仔囝。文章往下滑到最底，發文者留下名字：二年六班張敬盟。附註：有本事來找我單挑。

看到這樣不經大腦的叫囂，緯紘在心裡瘋狂尖叫。

白痴嗎，幹。

緯紘不停地咒罵著時，他突然想到什麼停了下來，另外打開無痕網頁，連上色情網站，點了彩虹圖示，突如其來的男人肉體交媾的縮圖讓他稍稍停了手，等腦袋緩衝處理完、轉速恢復時，再在搜尋欄位裡輸入：

＃亞洲＃高中＃偷拍

結果跳出來：一天前上傳，熱門影片，觀看次數最多。

點進去都不必了，因為縮圖就是林的臉，他仰躺著，兩隻小腿就著臉頰貼齊，彷彿有人抓著他的腳踝把下半身往上半身對折，看上去就是個被掰開的貝類，夾在兩腿中間的臉頰露出既疼痛，又可愛，還帶點無辜的表情。

緯紘點進影片，但沒有快轉，不比其他的情色片有前戲劇情，偷拍片一點開就是荷槍實彈的正片。

影片裡另一個男人的臉部被打上馬賽克，床側邊的攝影機捕捉到打馬男的精壯身材，以及躺在床上的林的纖瘦身軀。尤其當打馬男拿起手機，畫面換成主觀視角時，緯紘更能觀察清楚林的表情，似乎沒有半點不情願，沒有閃躲，彷彿因為拍攝的關係讓林更投入，而且總會帶著一種他不明瞭卻非常迷人的笑意。緯紘滿頭大汗，不清楚自己到底是因病而發熱，還是因為眼前的林，只覺得自己的毛細孔全然綻開（為什麼可以直接說出來），數算著影片與自己身體的時間軸是否同步（這是錯的，不可以這樣，會被排擠的），桌上的公仔、滿牆的海報，以及床上的等身抱枕，好幾雙眼睛環繞整個房間盯著他似的（主人這樣不行喔，主人不喜歡我了嗎），他越感到罪惡，感覺越多人在看著，就越是興奮（林說，我是同志，我喜歡男生）。當晚，他被林掏空似的倒頭睡去。夜裡返家的父母見狀，還以為緯紘是因為生病和繁重課業讓他睡得不省人事。

隔天去學校時，滑著手機，又看到阿盟那篇文章下有了許多新留言，當然，是不堪他入目的那種。有人說林就是一個三八，到處勾搭別班的男生；也有人說林連直男也要勾引，她的男友就是林掰彎的；底下有人回覆：自己男友被男生勾引走，你要不要檢討一下自己。許多人點下讚、哈、愛心，敲碗此篇應為本日最佳回覆。

然而，針對阿盟的留言，也不亞於攻擊林的。

「六班那個國中就和我同班了，他國中就是混幫派的，以為自己是老大很罩。」

「一定是那個臭婊子幫流氓吸下面了啦。」

緯紘看完這一串留言，不知怎地，比起大家直接罵林怎樣怎樣，把阿盟跟林「搞」在一起，讓緯紘更感到難堪。走進教室時，他叫醒趴在桌上補眠的阿盟，提起從來都沒有過的勇氣，用力捶下桌子，發出好大的聲響，問：「另一個人是不是你？」

阿盟愣了愣，「幹，你神經病。」繼續趴下去睡。

緯紘不知道該拿阿盟怎麼辦，站在阿盟桌旁，心裡準備好也許他正要迎來人生第一場幹架時，經過走道的林拍拍他的肩膀，示意要他冷靜，冷靜，不要吵架嘿。接著，林走上講台。

「我知道大家都看到影片了，不管大家的想法是什麼，我想說的是我完全不知道自己答應對方拍下來的東西會被上傳到網路上……」底下的人窸窸窣窣，交頭接耳著，「這件事情跟老師講也沒用，因為……」台下的手機畫面快速閃動，像一個一個氣泡從海水浮上來，帶著藻類和塑膠微粒，湧到海面之上碎散，「我不能要求大家幫忙，但至少不要一直在網路上……」海面總是看起來非常平靜，誰也不曉得那些被沖到岸邊的浮沫的前身是什麼，日積月累被擱置在沙灘上，看起來像是一坨嘔吐物的集合。唯一在岸上發著脾氣的就是緯紘，他是最了解這坨嘔吐堆積物的人，阿盟已經夠笨，跳進泥巴堆裡跟豬打架就算了，連林也要這樣嗎？

「我說完了，謝謝各位。」

阿盟在底下鼓掌：「林仔水喔。崁頭崁面的小廢渣不要只會躲在網路上啦，有本事當場攤開來講啊。」

同學們默不作聲，彼此跟彼此使眼色。

導師走進教室，望著所有低著頭的同學說：「好了，不要再用手機了，再這樣要強迫大家交手機到小櫃櫃來喔。」

緯紘一直都不懂，到底是老師太善良單純又好騙，還是老師也想視而不見，遇到難搞的事就裝做不知道，反正當老師也是混口飯吃，趕快送走一批學生跟送走一批奧客一樣，為什麼班上明明發生了這麼多事情他卻渾然不覺。當講台上的老師叨叨絮絮寫黑板、講課時，底下的同學就像到此一遊的潛水旅客，穿上潛水裝，吸氣躬身下潛，排出廢氣，製造氣泡，一句又一句話浮上討論區的水面，但凡現實世界裡有任何波濤動靜，遂又打水回到海平面上，抬起頭，裝做自己很認真聽課。緯紘只能偷偷將討論區截圖，附檔，寄了一封匿名信到學校的信箱裡，期待這會帶來什麼改變；另一方面，他創了幾個假帳號，每晚登入幫林說話帶風向，但酸民水軍太強大，他一個人根本打不過，只有被圍剿的份，討論區繼續討論，影片被檢舉刪除之後仍有新的備份上傳。顧著打水戰的緯紘還因此忘記寫自己負責部分的小組報告，當林在統整小組表單時，才問他一句：作業怎麼開天窗了？緯紘一股無名火燒起來，莫名其妙回嗆林：「你還問我？你會這樣都是你自己活該！」說完，立刻被阿盟揍了一拳。

當天傍晚，林就跳樓了。

（多年後吃著員工餐，喝著蛤蜊湯的緯紘已經沒辦法完全記起事情發生的當下情形，他撿拾記憶的碎片，試圖努力在腦海裡構築畫面。）

那天自己還對林有怨懟，生著林的氣。最後一節課之前，他看到林抱著一疊教務處作業抽查的本子走出教室門，接著就聽到走廊傳來的驚呼聲，樹葉與樹枝被擠壓穿梭發出的簌簌沙沙的聲音，接著就是一聲重響，碰，像是一包被同學從高處甩落的垃圾。他循聲轉過頭，看見一群人擠在走廊邊緣往下俯瞰，他們的頭上掛著一顆暗紅色的夕陽，在對面教室的屋頂，緩緩沉入。

「幹，都是你。」阿盟對他說，隨即跑出教室。

緯紘記得自己一直待在座位上不敢離開，渾身發抖著，他多希望這一切趕快過去，時間快轉到放學下課鐘響，或是直接抵達高三拿畢業證書的那一刻，寧願不認識林和阿盟，寧願自己瞬間回到那滿布二次元的房間裡繼續看ＡＣＧ，恰如其分地當個角落生物的也可以平平安安過完一生吧他想。（蛤蜊是有靈魂的東西，這句話的輕透聲音又在腦海響起來。餐廳牆上的電視正播映著《穿裙子的男孩》被家長抗議而遭到下架，國小校長穿裙子表達教育工作者理念的新聞。他焦躁地用免洗筷把不開殼的蛤蜊撬開，卻被筷子上的木屑扎到了手指。操，痛死了，媽的。未婚妻訊息來說週末她舅舅和舅媽也要來文定的小婚宴，但舅媽過敏不能吃甲殼類，要打電話請飯店另外準備一份湯品，前菜的龍蝦也要換掉。他不想回訊，手指還扎著刺。媽的。）

（「我知道了。」他深呼吸，慢慢送出訊息。）

那天放學緯紘刻意繞開林墜落的地點，實際上他想靠近也很困難，警方、校方和學生在周遭圍成一圈厚實的牆把他阻隔在外。

他返家後縮進被窩，慌亂地哭了起來。

林沒死，因為從三樓跳下，途中擦過校內的榕樹叢，折斷不少樹枝，最後掉進種滿鳶尾花的花圃裡。全身多處挫擦傷，幾處骨折，送到醫院時，林的爸媽也趕來了，一來就開噴學校到底怎麼照顧學生的，揚言要告死校方。當然，緯紘是從手機看到這些後續新聞，討論區底下會有什麼惡毒留言回覆，他連看都不想看。

「你高興了吧。」阿盟丟訊息來，他假裝未讀未回。

隔天緯紘特意早起，清晨搭公車到校。幾個橘紅色交通錐纏著黃色封鎖線，在花圃周遭圍了起來，遠遠地看不清什麼，也沒有血跡，彷彿那是本來就該被抹除的東西，只在花叢中留下了一個小小的凹陷的痕跡。不知情的人也許會誤以為這裡曾經有人隨意踩踏景觀植物，或是一隻狗曾躺臥此處，等待學校工友重新把這塊植被復原。但緯紘知道那一塊是什麼地方。

那是當林站上牆邊一躍而下時的躺臥之處，他彷彿聽得見林倒在那裡時嘴裡喊著好累好累的話語，但是，他知道自己也是在林背後，推了林一把的人。

他無法否認。為什麼明明應該拉住林的手，卻沒有及時抓住什麼，反而也跟著推了一把。

當校長和老師將同學一批一批帶去輔導室問話，緯紘才想通，原來自己寄的那封匿名信延宕至此刻才開始發酵，但卻不是他意料中的方向。他聽見幾個同學說，是林先騷擾他們，他們才會留下那些負面言論，如果不是林平常的講話態度和行為這麼輕浮，他們也想好好跟他當同學呀。

輪到緯紘進去了，只有他是一個人進去的。

「林跳樓的那天早上，你是不是和他吵架了？」老師問。

（他把廚餘倒進桶子裡，蛤蜊殼掉進滿是各種菜餚混雜的湯湯水水裡濺起了水花，噴到他的手上。幹，做什麼事情都不順。）

「有人聽到你罵他：『你會被大家討厭，是自己行為導致的，都是你活該。』對嗎？」

（不對，不是這樣的，這不是我的本意。）

「緯紘，你有聽到老師的問題嗎？」

（他打電話到飯店，電話那頭一直忙線，發出嘟嘟聲。他用力把手機摔到地上，嚇到了餐廳裡其他下來吃飯的工程師。）

「緯紘？冷靜下來，老師沒有要責備你的意思。」

（他哭了起來，他記得自己回覆老師的那句話。）

「林平常就會開同學玩笑，我不喜歡才會這樣罵他。」他說完這樣的話，再也止不住巨大的噁心，從胃裡嘔出東西來般地大聲哭著、不斷抽噎。

（只有他自己知道那不是什麼內疚與悔意，而是鄙夷和厭惡，如同沾在手上的廚餘汁。）

班導師見狀以為他很後悔，遞上衛生紙要他擦擦眼淚，安慰他：「你很誠實。」

他走出輔導室，看見迎面走來的阿盟，急忙避開眼神，匆匆走掉。接著林住院住了很長一段時間，班上沒有任何一個學生因為這件事情而被追究責任，即使是緯紘也沒有。林的爸媽本來要提告，但也不知道告誰、告什麼。更奇怪的是，林沒有因此轉學，甚至連轉班就讀也沒有，彷彿一切事情都不曾發生那樣。這些日子班上的氣氛突然變得很好，林原本的幹部和小老師職務都由別的同學接替，作業抽查、寫教室日誌、收作業和週記、去總務處領取新掃具、替科任老師設定投影幕和電腦、畢業旅行費用彙整等等，這些事情，即使沒有林的參與也能持續運作。而網路上對林的謾罵似乎也消停了，或許，酸民們也有可能轉到別班的討論區或是到處去嘴別人了。但那些檢舉下架的影片和帳號，還是會像穢土轉生般再度出現，差別是帳號多一個字母或數字，影片檔案名稱從繁體變簡體變英文到最後變成一串數字，查關鍵字詞還是能找到對應的標籤文字，跳出林的臉。緯紘總是會在用完影片之後，贖罪般按下檢舉，到了下次再度搜尋，繼續重複同樣的動作。每當看到網站通知「您所檢舉的影片已經有了最新處理進度」，安心與失落同時湧上心頭，隔天回到學校繼續面對那些沒有臉孔的大頭貼又還原成帶著五官的同學們，以及他一直不敢直視的、保持安全距離的阿盟。

直到林出院，除了拄著拐杖幾週之外，就像什麼事情都沒有似的回到班上。林告訴緯紘和阿盟兩人：「我也要去畢旅，你們兩個會和我在同一個畢旅小組喔。」

所有人都鬆了一口氣。不管是緯紘，或是阿盟。又或者是其他同學和老師，他們都慶幸林並沒有亂吵亂鬧，林的家長也不知道為什麼就這樣息事寧人。就算酸言酸語還是存在，但林比之前更不在意了，甚至也對大家口頭上對他的調侃更冷感，也不隨之起舞，彷彿耳朵和眼睛永久關上了，只對少數人敞開。比如挖蛤蜊的那個晚上，林打開緯紘寫給他的小卡片讀著，讀完，他只是對緯紘說：「沒關係的，我很感謝你們。」

「如果不是你們，我可能早就轉學了。」他又說。

林吹熄蠟燭。這個夜晚比緯紘想像的還要更黑。

（然而，在沙灘上，林回答他的那句話到底是什麼呢？）

居然也就這樣撐到了高中畢業，緯紘如願考上自己要的校系，阿盟沒有繼續升學，直接入伍當兵，林則考上了藝術大學，高中生活算是最密切的三人也就此解散。進入大學新生活的緯紘鬆了一口氣，自我介紹的時候避談自己的高中母校，也害怕被同校畢業的校友認出，連制服日活動也沒有參加，只在必修課的時候出現，其他選的都是外系學分。男多女少的學系，聯誼不外乎夜衝抽鑰匙，抽學伴，但這些場合他都默默消失，偶爾會在學生餐廳或社團辦公室外遇到某些宗教團體邀他入教並簽下令他困惑的身心契約也婉拒了。唯一會看到他的聚會場合大概就是班會裡導師請全班吃披薩的日子，被催繳系學會費時為了怕被找麻煩而趕快掏出錢來，看著班代把他的名字陳緯紘從清單上畫掉。沒有人知道陳緯紘會在一個滿是我婆的房間裡上網看林的舊影片，也沒有人知道陳緯紘把林設定為社群摯友，動態總是顯示在頂端，彷彿他在這裡的生活是某一個風平浪靜的平行時空，而另一個平行時空，是林的生活——

林搬進藝術大學的宿舍，林參加系上公演，林一個人自編自導自演drag queen的實驗劇場獲得好評。林和許多同學在火鍋店聚餐，夜唱通宵。林加入健身課程，秀出課表和硬舉影片，原本纖弱又受過傷的身軀，短時間內變得精實強壯，身體和臉上的線條都變得挺拔俊朗——這些，都讓緯紘著實感到意外，彷彿離開封閉的高中校園之後，林在他不知道的異地自在地活著，不免想著自己與林真的是活在同一塊土地上嗎？怎麼兩個人的生活天差地遠，所處環境也天壤之別。

（他的確很怨恨，但不知道他怨恨的是林，還是自己。手機的螢幕已經碎裂了，他試著回訊給未婚妻：飯店沒接電話，等等再處理可以嗎？未婚妻丟了一個生氣的表情符號：☹。他也很想回一個這樣的表情符號過去。但不行。他也不知道為什麼，就是不行。）

偶爾林會約他一起出來吃飯，他總是以課業推託，直到阿盟都已經退伍回家幫忙香燭鋪的經營，林再拉個群組要大家聚聚，他又說自己在準備考研究所了實在沒有辦法。本以為這件事情就要不了了之，但社群跳出通知，他被標記在林的照片裡，畫面裡是林和阿盟在熱炒店舉起啤酒杯，文字敘述是「高中三人小聚就少你一人了唷」。

他按下：不要顯示在個人動態牆上。

再按下，取消追蹤林和阿盟。

從此，林和阿盟就消失在緯紘的生活裡，空留一份好友的關係在清單裡，僅僅變成兩張大頭貼照。退伍後他關掉手機和電腦，下功夫苦讀，如願上榜。同個實驗室的直屬學姐和他走得近，不僅處處照料，還會用巧克力傳情毫不避諱地直接對他表達情意，在同學和教授們的鼓譟撮合之下他們總算交往。

緯紘鬆了一口氣，努力了這麼久，總算變成跟大家一樣的人了。

學姐第一天走進他的租屋處就過夜了，雖然她對滿屋子的動漫周邊不太滿意，尤其是門板上掛著她叫不出名字來的某個泳裝版本的角色，整晚盯著她看，彷彿她做錯了什麼事情似的。他總是推託說那是中學以來追很久的涼宮，並不想拿下來，實際上是，若把這些東西清掉，他害怕，害怕也許會無法順利和學姐發生她所期望的關係。後來緯紘找到一種方法，就是再度點進網站輸入＃亞洲＃高中＃偷拍，或是＃**asian**＃**student**＃**cam**，把林的臉龐和身體從記憶裡召喚回來，反覆溫習，熟稔到只要一閉上眼睛，就等於戴上了

VR眼鏡，創生一個虛擬實境——那裡什麼都有，像是不知名的粉絲可以把動漫人物的五官套入模組，做出想要的動作，而他只消一個轉念想像，林的身影就在他的心眼前浮現。然後他可以繼續擁抱著學姐，讓學姐以為他很愛她——他的確愛她，這不是假的，他沒有欺騙她。

他覺得可以。

如果這樣可以讓他繼續生活下去，安安靜靜不打擾別人的話，可以。

（飯店電話終於接通。搞定。他回訊息給未婚妻。）

好不容易熬到研究所畢業了，也順利成為工程師了。緯紘某天又想起了林，輸入關鍵字，正想趕快解決需求時，瞥眼才看到底下的相關影片裡浮現一張熟悉又陌生的臉。點進去看到的，既像是林又不像林的臉，身形和肌肉比大學時的他更壁壘分明，五官也比以往成熟多了，在多出來的長髮和鬍鬚之中他確認那就是林的原因，是來自影片上的浮水印，寫著「Lam_0609」。

（69比較好記不是嗎？但是，你又不能決定你出生的一切。）

他跳到素人自己經營的影片平台，一搜尋Lam_0609果然就有，遂註冊帳號，刷卡，訂閱。變成Lam的林彷彿也變成另外一個人了，在三四台攝影機環伺拍攝剪接的畫面裡，他比以往更懂得擺出誘惑的表情，如何呻吟，身體肌肉如何用力。但緯紘再清楚不過了，這些無疑都是裝出來的，就像當大家調侃他是騷貨或婊子時林順著他們的話演出浪蕩的模樣，怎樣都不比那支檢舉下架又重新上傳的影片裡的林，那般真心期待以為自己獻出身體，全然張開，就會被愛著的模樣。

這些新拍的影片再煽情，都沒有讓緯紘有任何反應，反而平添幾分妒意。

他仍舊靠著搜尋林的關鍵字老影片作為精神填充，和學姐女友相安無事好多年。直到某天發現林的素人影音平台停止更新的置頂文章，上百個沒有臉孔的訂閱者留言鼓勵著他們眼中的Lam：加油，等你復出，期待你的新作品，但沒有人確切知道這個頻道的主人到底怎麼了。盛傳的說法是腦溢血，有些人說心肌梗塞，或跟經紀人鬧翻了，也有的人說林交往多年、未曾露臉過的另一半希望他不要再拍片了。緯紘也曾疑心，是不是自己註冊的帳號被林發現是他了？他捲動滑鼠，往前搜尋，開始出現他沒點開看過的許多年前的作品，終於追溯到最早的時間點，再再熟悉不過的縮圖又浮現——林把那支高中影片也放上去了，但這不像其他的片子寫著featuring誰誰誰、攻受、或是單人多人的類型，這支影片的說明欄只留下一句話：# This is me。

（前幾個月阿盟突然丟訊息來說林已經過世了，喪禮是他找殯葬業的朋友幫忙處理的。「幹，連他爸媽都沒有來，說什麼生個小孩不男不女還拍那些不入流的東西趕快辦一辦燒一燒。」）

（「幹，你有看到吧，不要假痟。」）

（他只是看著亮起的螢幕，沒有點進去，沒有回覆，他不知道為什麼阿盟總是清楚林的生活，但他也不想知道了，是他自己選擇脫離的。）

那個晴朗炎熱的海邊又出現了，三個人蹲在沙灘上，林準確而迅速挖起蛤蜊。這就是他，原本安安靜靜躲在沙子裡的蛤蜊卻被挖了出來，在火源上耐不住受熱，殼就打開了。但張開殼迎來的不是別人的擁抱或接納，而是要把你生吞活剝的嘴。

他記得林說：蛤蜊明明就是拚了命把自己藏在沙子底下的，並沒有想讓自己浮出水面。

（如果是這樣，為什麼不好好藏起來就好呢。）

電腦前的他沒有點開那個看了無數遍，都能在腦海裡重演一遍姿勢、動作、叫聲的影片，只是在螢幕前安靜掉下淚來，沒有驚動誰。周遭只有他的我婆們，悄然無聲地注視著空氣，彷彿默許著這一切。

（未婚妻傳訊息來，謝謝啦，總算搞定了。）

（他沒有跟她說：當天不僅僅是我的生日。）

「那麼那些不開殼的蛤蜊呢？」他記得他問了這問題。他也記得林回答他的時候，臉上帶著微笑，就像他反覆溫習的影片裡的林，總有一個無法辨析意義的微笑。

（緯紘總算想起，那天，林在無聲之中回答的那句話：）

（「牠早就死了。」）

空鳳

道浦一直在等他的母親。

小時候是在時裝店更衣室外的絨布座椅上，更衣室布簾拉滿之後，道浦就能從簾子下看見母親脫下鞋褲，露出搽了豔紅色指甲油的腳趾，套上熨燙整齊的裙子或褲子試穿。一旁是等候試衣的女人們，更遠處的潔亮燈光下有其他顧客在植栽與衣架間梭巡，挑揀衣服，垂墜布料上的碎花飄動，像院子裡翩然穿花的蝴蝶。這裡的空氣總有一絲新衣才有的化學染劑混合著漿洗的微弱刺鼻氣味，滿是花果與香水味，這種刺鼻氣味總提醒著他，要安靜，要耐心。

相對於門外偶爾出現、自顧自發呆的顧客的男伴，他能在店面內等待實屬非常幸運的事情，畢竟大熱天裡有冷氣吹，還有店員姐姐會稱讚他好帥好可愛之後拿一堆小糖果小餅乾給他，或是有一支頂端星星會發光的小精靈魔法棒，如果再加上一對翅膀，就會像漫畫裡看到的小愛神邱比特。小愛神會耐心看著那豔紅色的腳趾不再緊張蜷曲，放鬆伸展開來，大概就知道母親已經試好衣服，準備拉開簾子，讓員工替她調整衣物，詢問她是不是滿意，有沒有需要拿其他顏色或尺寸。母親通常會說不用，她的眼光一向很準，即便不試穿，看尺碼抓了衣服直接結帳，她還是可以拿到最適合自己身形的那件衣服，穿出最漂亮的樣子來。但母親通常還是會試穿，而且也很常把道浦拎進更衣間讓他一起試穿女裝，荷葉領上衣、赭紅格子百褶裙、麂皮雕花娃娃鞋。有次母親還用天鵝絨材質的墨綠色髮帶從額頭箍住他的頭髮，他精緻的五官就從瀏海間跳了出來，惹得所有店員都驚呼，推波助瀾著要母親買下那優雅的髮帶。

那已經是很多年前的事情了。

現在的母親身心都隨時間垮了，就連自己穿衣服都有困難。

此刻他坐在候診椅上，是等待母親從診間出來。母親這幾年看到他通常會說：「又沒有要你跟來。」

狀況糟一點的時候，母親會問出「你是誰啊」這樣的話。

他站起身來，本想去販賣機買個飲料，卻發現椅子上殘留的水氣印出自己臀型的痕跡。

道浦討厭各種痕跡，比如業主在委託賣出的房子裡留下曾經生活過的樣貌，洗手檯上的水痕，馬桶裡刷不乾淨的尿垢，缺乏思考而隨意釘上牆面的吋釘，更別提遍布屋子的詭異裝潢，一看就知道那是室內設計師不想做但屋主又堅持要做的具現化扞格。他曾經手過許多案件，無論三房兩廳或是四房兩廳，總是有一間小孩房的牆面都塗滿粉紅色乳膠漆，各種圓角收邊的粉色木桌木椅木床架各自占地為王，抬頭一看本以為是吸頂燈結果是巨大卡通無嘴貓臉的無用裝飾，再加上角落窗邊做個沉降式塑膠球池和溜滑梯，一進來彷彿就抵達速食店的兒童遊戲區，還會幻聽聽見高頻穿耳的尖叫聲。每每帶看時只要走到這類房間他就一陣語塞，敷衍笑著說：「你們先看看，有問題再問我就好。」然後逕自閃躲到別處。看屋的客人不滿意也罷，會整個打掉重做裝潢就再好不過，最怕有人說：「這房間好可愛，如果生女兒就讓她住這裡吧。」

只要聽到這種話，他就會覺得比瘋狂尖叫的小孩更瘋狂的，是這些家長。有的時候，他覺得診間裡的母親跟那些家長並沒有相差太遠。

醫院牆面懸掛的螢幕輪播各種風景圖片，配上情境音樂，插入幾張醫院的廣告，養生村，樂齡宅，高齡化社會來臨，專為退休人士設計的全方位照顧，讓您擁有飯店的居住品質、自家的溫暖。形象照片從右側飛進，雙側鏡位，護理師量測血壓，兩位銀白髮色老人咧嘴笑開，露出象牙白的齒，穿著整齊乾淨的套裝，坐在鵝黃色的沙發上。

看診和等待像是不會有休止的一天，他也許會一直這樣聞著醫院裡詭異的化學味，呆坐在椅子上直到老死。他當然希望母親健健康康地走出來，要不然就是，走掉。

但母親還是從診間走了出來，她拄著雨傘，穿著包覆性極好的輕量運動鞋，如果不開口說話，看起來就是一個自己來回診的普通長輩。

「妳怎麼來了，妳弟弟呢？」

道浦沒有太多時間理會母親已經錯亂的記憶和認知能力，每每到醫院複診，母親總會強硬地對他說：「我自己進去就可以了，不用你陪我。」發著莫名其妙的脾氣，一邊碎念：「我自己會搭公車來啊跟這麼緊是在監視我吧。」一邊走進門內。所以他常常得在門外等到醫生看診結束之後，才由護理師轉達母親病況以及後續照護事項。批完價拿完藥之後，道浦亦步亦趨地跟著母親走到公車站等車，彷彿一個陌生但同路的他者。當他也躬下身體，試圖坐在公車亭的長凳上時，母親往旁邊挪動了一下位置，顯得很不自在。

要等多久呢？他看著公車站的跑馬燈。

今天剛好滿五年了。

道浦跟著母親一起上了車、下了車、走路回家。在觀光工廠做羊羹的大阿姨和在市場賣炸物的二阿姨，這兩位唯二的親戚也還是來了，跟往常一樣提著一盒綜合口味的羊羹和一整袋的炸雞腿雞翅花枝丸，遠遠地就在門口等著。母親看到他們才放鬆戒備似地笑出來，快步走向她們。阿姨們把東西遞手給他，還是那麼竊語問一句：「阿浦啊，真的要賣嗎？這是你媽打拚一輩子才有的。賣掉之後你們怎麼辦啊？」

她們說的是這間屋子。

道浦早已懶於解釋，敷衍著要兩位阿姨，麻煩了，請幫他照顧母親到晚上，等他跑完業務就回來接手。出門時順便把羊羹和炸雞拎走，說要分享給同事，畢竟母親三高不能吃，而他沒說的是他不想吃。他總掂量著實話的分量，有些擁有既無法宣之於眾，也沒有好到可以敝帚自珍。老家是位於二樓的公寓，地點原本還不錯，是主要道路內側的僻靜巷子，捷運第二排，本來還能賣個好價錢，但後來在他高中畢業時這個地區遷入不少人口，主幹道的紅綠燈和斑馬線也因此變多，路過的人為了閃紅燈就會繞進巷子抄小路，於是住宅區再也不安靜了。尤其是面馬路的北側，那是母親的房間，濕氣加上噪音，任誰在這種雜訊環繞的狀態之下都難以歇息。再加上樓上鄰居養狗但不遛狗，太有精神的爪子踩在磁磚上發出幾億個碎物落地的聲響，像小鋼珠店就開在樓上而客人又總把珠子撒落一地，早晚風起時的難聞屎尿味不知道是狗的，還是附近幼兒園幾百個小孩外加老師的，又或者來自公寓管線轉角的囤積滲漏也不一定。就連身為房仲的他，賣過這麼多間房子，帶看過這麼多組難搞的客人，他也覺得，這屋子若不等著都更，或是拿來弄個令人崩潰的廉價裝潢出租，根本沒人想要。

賣是一定得賣的，他得好好打算病情每況愈下的母親與自己的經濟能力。

但這屋子有各種他不太想面對的事物，一想到將來如果真的賣出去，得整理雜物，就讓他心煩。比方母親這幾年來囤積癖般總把每個櫃子塞滿各種日用品，像是衛生紙、洗髮乳和牙膏還算好處理，比較沒有壞掉的問題；但廚房裡有許多早已經過期的食品，發霉的乾麵條，或者是冰箱冷凍櫃裡總塞滿不同時間點買來的貢丸、水餃或是排骨酥；又或者是家裡四處被囤積起來的廣告單、報紙、空寶特瓶、早期不同年分的黃頁電話簿和農民曆，讓家裡總是看起來很富足但其實簡直像個垃圾屋。

又比如前妻瑟琪留下來的東西，結婚時添購的圓型吊鏡、麵包機、食譜書，參加花藝課而買的花剪和高矮不一的花器，以及一台乾濕雙用的超強力漩渦吸塵器——算了，不想它們也罷——這些東西，離婚後全部都堆在主臥室旁隔出來的小儲物間。瑟琪決定分開的那天只帶走了她自己的重要物品，像是皮夾存摺或文件保單之類，除此之外什麼也不拿。

「反正那些東西原本也不是為了我自己買的。」她說。

除了一盞北歐設計外型簡約卻非常昂貴的落地燈，這應該就是她為了自己買的，畢竟睡前她總是會開著燈，什麼也不做，只是側身看著正在閱讀的他，像是怕把什麼細節漏掉似地一吋一吋地端詳。等到他問瑟琪在看什麼呢？她才會扭捏嬌羞地轉身，等待他把燈熄滅之後從背後擁抱她。而現在她也用不到這燈了吧，道浦見過她的新任丈夫，那是當她再婚時寄了喜帖來，一打開就看見男方明明穿得西裝筆挺還上了妝，卻像是日本元老級搞笑藝人錄短劇時的滑稽扮相。

真是過分吶。

看到照片的道浦內心非常不平，身為系草系花的道浦和瑟琪，當初結婚時可是人人稱羨，說根本是一對雜誌封面明星結為連理，兩人的小孩一定會成為「出生即出道」的童星，殊不知小孩都還沒生出來就離婚了。他打電話過去和瑟琪吵了一架，口不擇言地說了一些傷人的話，比方指責她是故意挑一個這麼醜的丈夫來氣他，根本就不是出於愛和對方結婚吧，是看上他的錢吧？

瑟琪回嗆：「你又知道什麼是愛？是啦，我很虛榮，跟你交往、嫁給你就是出自於虛榮，嫁給你才知道真正相愛的是你和你媽，我和你離婚是因為我決定愛我自己。」他們從認識到離婚之間爭執次數不少，也吵出默契，互相指責的話語毫不迴避對方弱點，言簡意眩，針針見血，該掛電話就掛電話，也不浪費時間和通訊費。

道浦原本想把落地燈給砸了，幾根直挺挺的鐵條，掛上一個麻布罩子，再裝一個電燈，居然就要六位數的價錢。但也因為六位數，他決定把它收進儲物間。「反正瑟琪現在也用不到這個了」，這樣一想心裡就舒坦得多。

但不想整理的東西還不只這些，整個房子擺滿了他不想看到的東西，對他而言，那是一堆令人討厭的生活痕跡。

所以，總是想著要賣，卻總是沒有把物件掛上網站，也不私下找幾個熟悉的業主來看屋，寧願老家就這樣亂糟糟地堆著各種陳跡也不想面對。

於是拎著炸雞的他對阿姨們說「我去帶看房子了」，聽起來就像是學生時期對母親說「我去圖書館」那樣的話，但事實上是去跟當時的女朋友們約會。現在也是，他把炸雞羊羹塞進路邊的垃圾桶，搭上捷運沒有回到公司，而是去了月租倉庫處。

在倉庫集所用感應卡進入，眼前長廊是一道又一道的大鐵捲門，必須走到底之後右轉，才會來到中小型的倉庫區域。道浦租的是近兩坪多近三坪的空間，電動鐵捲門一拉開，他這輩子珍藏的東西全都在裡頭。

門口的左手邊是組合型層架，從最上方開始是幾株倒掛的空氣鳳梨、灑水的噴霧罐，架桿上夾著大賣場買來的檯燈。

層架中掛著好幾套上班用的襯衫、西褲，幾件用來收藏的名牌西裝外套，整齊放進收納袋中，再覆上防塵紙。一旁是好幾盒未開封的品牌三角內褲、合身剪裁的背心。領結、領帶、皮帶、袖扣和手錶一目了然地收進了透明玻璃隔板的木製盒子裡。

層架最底下則是簡單的健身器具、啞鈴、握力器、滾輪。

還有一個不透明的收納盒，裝著他鮮少打開查看的東西。

內側的層架上則放著許多書：比如幾冊整理好的房仲業務資料；幾本安德烈・科斯托蘭尼的投資理財指南；一整排貼滿標籤紙的旅遊書，分門別類按地區擺放，東南亞一排，日本一排，歐洲還分北東中西南歐國家。

與其說這個小倉庫有神奇的力量，能讓再暴躁再煩悶的道浦都能沉澱下來，不如說是道浦自己很有意把這裡打造成聖殿般的私人領域。早在母親被診斷出失智之前、幾次迷路被警察帶到警局吃便當，且總是和瑟琪吵著是否應該要搬出家裡獨立生活的那段時間，他沒有積極尋找新房，也不打算另外租屋替別人繳房貸，更沒有因為看見呆坐在警局裡的母親遂警覺母親亦然會老而開始防患未然，他只是在跑業務的路上偶然看見月租倉庫的廣告，就租了這個小小的空間，接著進駐層架、收納盒、衣物書籍，然後是茶凳茶几，最後才養了植物。煩心的日子裡他偶爾會取出空氣鳳梨到倉庫外曬太陽，和它們抽根交際菸，安靜地聊天，菸熄滅之後再回倉庫，將它們掛到層架最上方鐵網，均勻地灑上水。每每看著空氣鳳梨在這陰暗狹窄的空間裡竟也能慢慢長出強韌的葉片就覺得不可思議，鐵蘭屬和食用的鳳梨是親戚，粗硬尖細的葉片不算太美麗，但也就是這種葉片讓它們不需要太多額外的照料，不用土壤，不用坐定在某個位置上，用葉片上的毛狀物體吸收水氣就能獲得養分，幾乎可說是呼吸就能活的植物。

在花市買入這幾株時，園藝師叮囑他：「雖然空鳳很好養，但也要仔細養，好好照顧就能把空鳳養得很強壯，而且能活很久，只要不開花就好。空鳳一旦開花，就要開始慢慢衰亡，你來看看這些。」園藝師簡稱空氣鳳梨為「空鳳」，空鳳這樣，空鳳那樣，好像在叫某個長輩的名字。她領著他到溫室裡看一些被催花的空氣鳳梨，漸層紫、銘黃、靛藍，還有一株花朵豔紅、花型如吐著火舌的焰，攀在葉片蜷曲如蛇髮女妖的頭頂。

「這些都是客人訂的，但也撐不了多久，最多也就一年半載吧。」她說，空氣鳳梨開花後主株會漸漸衰老死掉，即便會長出側芽，繼續繁殖，也不是原本的空氣鳳梨了。

因此道浦很努力照料這個空間和這些空氣鳳梨，努力讓它們不要開花，彷彿只要不開花，這個空間就永遠不會老去。他點開層架最上頭的夾式檯燈，替空氣鳳梨噴幾次水，坐在倉庫門正前方的小茶凳。茶几上通常會擺著最近正在讀的書，但最常讀的是大學國文課寫期末作業，本來要寫《傷心咖啡店之歌》的心得卻錯買的卡森．麥卡勒斯《傷心咖啡館之歌》。這天他一樣坐在小凳子上讀著同樣的一段：

大多數人更願意去愛，而不是被愛。幾乎每個人都想成為給予愛的那個人。道理很簡單：許多人不願意承認，自己內心其實是覺得，處於被愛的位置是不堪忍受的。

這天他讀書讀到忘記時間，直到大阿姨打電話來問他什麼時候下班，母親又在發脾氣，而且還一直在問瑟琪去哪裡了，怎麼沒看見她媳婦？

從圓凳起身遂覺全身痠痛，出了倉庫果然將近黃昏，母親總在這時候沒來由地暴怒或暴哭，只是問起早已離婚的前妻倒是第一次。道浦猶豫許久還是打電話給瑟琪，吞吞吐吐要她回去看她前婆婆。一開始瑟琪聽到這樣的要求還酸了道浦幾句，但最後竟然也答應他的請求。

「就是個沒辦法獨立的傢伙。」她說。

瑟琪抱著剛出生不久的小孩到老家來，讓道浦嚇了一跳，也讓下樓「交班」的兩位阿姨無聲地詫異著，不協調的表情就是在說著：「什麼時候生的小孩啊？」這樣的話語。

從樓下大門到二樓雖然只有短短的幾階樓梯，卻總是讓道浦覺得漫長，每每踩在那磨石子黑白灰相間的階梯上都讓道浦無比抗拒，要不是瑟琪在後頭推著他走，他還真是不想上樓。

「瑟琪回來啦，道浦也回來啦。」母親彷彿聽到門外的動靜，早早打開門，探出頭來候著，不像阿姨說的那樣，母親看來十分平靜，甚至有點欣喜地張開雙臂，「唉唷道浦來給媽媽抱。」遂一手抱起了瑟琪懷裡的小孩，卻視她真正的兒子為無物，逕自走進屋內，用快煮壺燒起熱水，並叫嚷著：「家裡怎麼沒有奶粉了？」翻箱倒櫃地把原本塞滿乾貨罐頭的五斗櫃都搜了出來，就是沒有奶粉。

道浦急忙跑到附近的超市買奶粉，回來之後只見母親來回踱步，搖晃輕拍著她手中的道浦，孩子在睡與醒之間朦朧著雙眼，而一旁的瑟琪正把許多叫不出名字的粉類和雞蛋丟進麵包機，見他回來就接過奶粉加了兩匙進機器，啟動製程，一面掏出奶瓶泡起牛奶，用手背試溫度，遞給婆婆餵著。

這再自然不過的一切，就像是本來應該發生的那樣，在他眼前出現。

「等等我們也來準備晚餐。」母親說。

「好。」

母親把小孩放在客廳木椅上，剛吃飽拍嗝的嬰兒很快就昏沉睡去，彷彿聽不見窗外各種引擎聲響。瑟琪俐落地翻了翻櫥櫃，拿出番茄糊、餐肉和玉米罐頭丟進鍋子裡加水加熱，母親則從冰箱裡拿出洋蔥、花椰菜和胡蘿蔔，切掉因為冰存太久而發皺的部分，再裁成塊狀，用刀板鏟起，瑟琪閃身讓母親丟進配菜，煮滾之後兩人分別試一小口味道。瑟琪想了想，加了點巴薩米可醋，母親說：「醬油。」於是瑟琪又抓起瓶子，小心地滴了一滴醬油進湯裡。

再試一次味道，早已經不是婆媳的兩人相視而笑。

麵包烤熟了，屋子裡滿是熟麥子的陽光味，以及番茄混著陳醋的酸香氣。瑟琪倒出剛烤好的吐司，從流理台下的刀架抓出麵包刀切分，丟進平底鍋用奶油煎，直到兩面微微焦黃，再撒上玫瑰鹽，分裝在木盤子裡，連同剛剛的番茄濃湯一起端上餐桌。母親與瑟琪聯袂入座，摸不著頭緒的道浦也隨著坐下，三人靜靜地把餐吃完，彷彿先前什麼事情也沒發生過那樣，如此，竟令他有著詭異的感動。

瑟琪與母親開始收拾時，道浦悄悄走到客廳，看著瑟琪再婚後生下的小孩，讓他有一種奇怪的想像：如果自己不是自己，在這個家中，自己只是一個「他者」，而道浦就是那個躺在沙發上嗷嗷待哺的嬰兒，這一晚的美好會不會延續到很久很久以後？

他這樣想著，一屁股坐在客廳的老木椅上，木椅發出吱嘎的聲響，像是老人家的關節摩擦著。一旁的嬰兒版道浦受此動靜驚醒，哭了起來。

「你看你。」瑟琪抱起小孩哄著，母親見狀也來幫忙，猜想說不定要換尿布了，一拆開，果然湧出屎尿的爨味。

夜裡他與瑟琪討論這件事情，讓她繼續來家裡扮演道浦的妻子，她的小孩則假裝是道浦，想當然耳這樣的提議一定被打回票。瑟琪沒有心力一次照顧兩個家庭，更何況是一個已經離婚數年的前夫家。

「再考慮看看吧，你也看到今天的狀況，她看起來就像是一個正常人似的。」

「我可以偶爾來，但不能一直為了她來。」

「拜託，瑟琪，我好累。」

「我也很累，」她揹起自己的育嬰包，一副準備離開的樣子，「她今天可以這樣好好的，不代表明天她也會這樣好好的。媽的狀況本就時好時壞，還沒跟你離婚之前就是了，你可以裝作不知道然後整天加班不回家。但我也有我想要的生活的樣子。不能總是她出狀況，你就打給我，然後我來處理。更何況是現在，我們跟以前已經不一樣了。」

「她是你媽，不是我媽耶。」瑟琪快嘴，說完自覺抱歉地垂下手臂，深深嘆了一口氣，把包包癱在地上。

「不然妳離婚，我們重新來過，我會負起責任。」道浦說。

「好了啦，不要說這些了。」瑟琪聳聳肩，「要負責早該負責了，不用等到今天。」

「對不起。」

門被推開，母親一愣一愣走了進來，又把道浦認成了姐姐，問他：「你最喜歡的綠色髮帶呢，怎麼不戴了？」並對著一旁的瑟琪說：「這小姐是誰？這麼漂亮一定還沒出嫁吧，像我啊開始操持家務之後就老得好快呀……」

「我是瑟琪啊，媽，妳一定是在開玩笑吧。」

「喔，妳是瑟琪啊。那道浦呢？怎麼沒看到人？」

「道浦出門了，他說他晚點回來。媽妳別等了，道浦要妳先睡，他有帶鑰匙。」

母親一邊點頭，一邊碎念著給自己聽的話語，走回自己潮濕的房裡，安靜地睡著了。

兩人見到如此狀況，都如釋重負，畢竟這是久違的平靜。

瑟琪後來常常自己跑來找前婆婆，傳訊息跟道浦說家裡缺什麼缺什麼，下班後或帶看完順便買回來。這讓道浦非常意外，更讓他出乎意料的是，母親的病情日益好轉，與其說是瑟琪照顧母親得宜，不如說是母親藉著照顧瑟琪的小孩而讓自己漸漸好起來。母親的狀況好到她已經可以自理生活瑣事，傍晚時已經不會莫名陷入暴躁情緒，見到瑟琪時也叫得出名字，甚至可以一個人照顧小孩都得心應手，彷彿多年前的記憶和經驗從未生疏。唯獨她還是把瑟琪的小孩認成了道浦，每當前婆婆在幫小孩穿上洋裝，套上可愛的蕾絲手套和襪子，並在臉上塗脂抹粉的時候，瑟琪也會跟著說：「道浦乖喔，很快就好了。」

聽得一旁真正的道浦莫名尷尬。

那些從衣櫃裡拿出來的洋裝是多年前母親買給道浦的，小時候的他還會配合著母親的意願穿上，還會讓母親替他抹上粉底、腮紅，畫上眼妝，戴上假睫毛，襯著他本就生得漂亮的五官，活脫脫就是個小美女。長大後道浦不再穿這些東西，尤其是青春期時幾次和母親爭執，母親折衷讓他試試那些比較中性的，比如垂墜感多一點的絲質衣物、粉紅或暖黃色系的褲子，也都還是被他拒絕。被說成是不聽話的小孩，少年道浦自然心裡不服氣，只是幾次聽到母親碎念著：「早知道就不幫那個不正常的男人生小孩了。」他從來都搞不清楚怎麼回事。最終收拾倦容的母親還是會把自己當少女時的衣服塞進他的衣櫃裡，有時還會新購置時下流行款式的洋裝或是化妝品，一併擺進道浦的衣櫃裡。直到瑟琪與他結婚，瑟琪打開衣櫃時發現這些先是困惑而後是驚嚇。道浦辯稱母親沒地方放才擺這裡，但時間一久，瑟琪就發現自己的婆婆根本把道浦當成了早就死去的龍鳳胎的女兒，那還是道浦的阿姨們跟瑟琪說的，道浦媽媽原本懷的是一對雙胞胎，但女生成了死胎，只有道浦平安無事地出世。

「以前看她把阿浦打扮成小女生還不覺得怎樣，那時候還好好的，還會工作賺錢，交新男朋友還會跟我們講。」

「誰知道後來會這樣唉……」

「她丈夫就是趁她懷孕時跟男人跑了，她才會這樣神經神經的。」

「好在阿浦沒有跟他爸一樣……」

大阿姨二阿姨姐妹倆一人一句接力，好像故意說給瑟琪聽似的——這些，若不是她在離婚前轉述，道浦恐怕永遠也不會知道原來自己有個尚未出世就夭折的姐姐，儘管死去卻如影隨形地跟著自己。

然而幸好現在有一個假的自己替他承受這些，道浦於是更心安理得地說著「去跑業務了」這句話後離家，而不是只是一句推諉的話語。他是真的去帶看房子了，本就因為出眾的長相而深受貴婦或熟客等喜愛的他，打起精神工作效率變得更高，蟬聯好一陣子的業績冠軍。工作結束後，如果阿姨和瑟琪沒有特別通知他，他會在倉庫裡待上一陣子，讀書也好健身運動也好，或是跟空氣鳳梨說說話。他還買了一張小型的沙發床擺在裡頭，只要覺得疲累，就可以在這裡抽出床板好好睡上一覺。他經常夢見小時候母親用化妝用具幫他上妝時的觸感，推開粉底液的乳霜質地，粉撲的輕盈柔軟如小貓腳底的肉墊，硬中帶軟的眉筆在眼睛之上勾勒流線，睫毛刷碰上眼瞼的刺激感，各種觸感和氣味如細密的網，罩住腦海裡的某一塊記憶區域，而母親畫完之後也不吝於稱讚他真是好孩子——諸如此類，但醒來時這些感官記憶常常只是頸枕或自己的手背壓在臉上，而他早已滿臉是淚。

他回想起第一次去警局帶母親回家時，看到呆坐在長凳上的母親，其實他意識到了，只是不願意承認。他不願承認母親和記憶中的樣子不同了，那個外型姣好、身形穠纖合度、別人的腳趾搽上豔紅色指甲油是俗氣而她搽上就是美麗的那個母親，澈底地老了。她頭髮早已透出斑白，眼角和嘴角也有了時間的痕跡，被路人報案帶到警局時，還穿著昂貴的露趾高跟鞋，然而腳趾上的指甲油不知道從什麼時候開始就變得斑駁，既散不出溶劑清冷刺鼻的氣味，也反射不出琺瑯般飽和的拋光。

他從沙發床起身，將老屋這個物件資訊丟給認識的業主或其他經銷的店長，無論母親是否因為病情而早一步過世他都決心要處理掉，換個新房子與母親同住，或是自己住都好，當然，他更想要的是和瑟琪繼續婚姻關係，於是經常帶瑟琪到以往約會的地方故地重遊。所幸瑟琪彷彿也尚未忘卻舊情，而母親的狀況已經可以完全託她照顧「小道浦」無虞。

這天，道浦帶著瑟琪到倉庫來時，瑟琪很驚訝，畢竟在他們還在一起的時間裡，道浦有時徹夜不歸、找不著人，原來就是躲到這個她完全不知道的，如樹洞般的地方來。道浦打開夾燈，替空氣鳳梨灑水，並拿出最底層的收納盒，裡頭擺著兩人學生時期開始的合照、拍貼、婚紗照、婚宴小卡，還有道浦的婚戒，這些在老家消失不見的東西，原來都被他收到這裡來了。

「為什麼？」

「什麼為什麼？」

「這裡的一切。」

「我找不到地方放，家裡塞滿了東西。」

「那又為什麼帶我來？」

道浦沒有回答，只是靜靜看著這些回憶的紀錄。此後他們經常在倉庫裡偷情，在昏暗的檯燈燈光下，道浦好像不曾因為時間改變什麼，那張臉還是瑟琪剛認識他時那樣俊美。

彷彿新婚時她夜夜看著的五官和每一寸肌膚。

幾個月後，吊掛的空氣鳳梨開了花，而瑟琪生下了女兒，與現任丈夫離了婚。

兩人把小孩帶給母親看，母親突然想到什麼似的從自己的房間裡拿出天鵝絨的綠色髮帶，套在新生的嬰兒頭上，思索一陣子才說出：「長得好像道浦小時候啊。」

身形已經佝僂的母親抬起頭，望著道浦，莫名落下無聲的淚來。

當天傍晚母親就過世了，她坐在客廳的木椅上沉沉睡去。

那時他們正在準備今晚的晚餐。

紅鯉魚與綠鯉魚與魚

「紅鯉魚與綠鯉魚與魚。」

「紅鯉魚與綠鯉魚與魚。」

每次上工前，小瑜總會練習這句繞口令，直到她可以把每個字清楚地發音，才會啟動錄音程式，或是接起亮著紅燈的電話線路。

應徵這份工作時她對蔡姐說她小時候天天都被風紀股長登記在黑板上，讀國中時被找去當朝會司儀，每週跟升旗手兩位少年早一步到司令台，看著全校學生老師鬧鬧嘈嘈地走到操場，喊著升旗典禮開始，全體肅立，主席就位，唱國歌。

「我不是要找嗓門大的，也不是要找聒噪愛八卦的。這工作又不是導護老師，也不是選里幹事，這工作是要讓客人滿足想像。妳也不一定要會『奶』，有些人不是打來聽妳『奶』的。」

說真的蔡姐一點也不會「奶」，怎樣都是個殺伐決斷的人，光是打電話通知她來面試時，聽到蔡姐渾厚的聲音，就直覺她不是個會撒嬌的女人，至少講完時間地點和須知就掛了電話，半句多餘的問候都沒有。小瑜腦海裡浮現的畫面是在下午不斷重播的類戲劇裡看到的那種：短波浪捲髮、暗紅色口紅塗在寬闊的嘴上、鼻子和顴骨高挺寬闊、眼睛大如銅鈴的女人，而一見到蔡姐本人也果真如是。

當然，搞不好她沒有看見蔡姐的另一面，電視劇裡最愛演的，不就是旁白說的「這樣的女人也冀望一個強而有力的臂膀可以當作港灣依靠」嗎？

上班第一天蔡姐就拿著一張色情電話流程圖和工作應對須知給小瑜。

「妳可以多提一點要求，多問一些對方的事情，讓他心甘情願抓著電話不肯放下。對了，妳沒有去過配音訓練班，也沒有上過正音課，所以每天來上班之前讀一下報紙還要練一下繞口令。」蔡姐翻了翻老舊的繞口令大全書，選定其中一個，「紅鯉魚與綠鯉魚與魚，跟著念。」

「紅呂魚與綠呂魚與宜。」

「再一次：紅鯉魚與綠鯉魚與魚。」

「紅鯉魚與利鯉魚與魚。」

「很好，有進步。再一次。」

「紅鯉魚，與，綠鯉魚，與魚。」小瑜滿頭冷汗，只覺得這些ㄧㄩㄧㄩ的元音像塞在嘴巴裡的情趣用品般擠來擠去。

「很好，再快一點……」

小瑜上工前會念幾次紅鯉魚與綠鯉魚與魚，睡覺前、起床後各念幾次，餐前雙手扣握禱告般念幾次，一次在公車上遇到噁男用下體不停磨自己時，她就用盡丹田之力大聲喊「紅鯉魚與綠鯉魚與魚」，嚇得噁男罵幹拎娘遇到神經病之後羞愧下車。

「你才神經病！」她氣得發顫，對著窗外噁男比中指時還抖個不停，車內女性紛紛對小瑜投以敬佩與感謝的眼光，儘管她其實本來是要大喊「有變態」的。但無論如何，從此「紅鯉魚與綠鯉魚與魚」這句話就離不開她，與其說是口頭禪，不如說是「南無阿彌陀佛」這樣的存在。

這工作雖然總讓小瑜覺得無奈，尤其每當聽到電話那頭傳來男人的喘氣聲，或是講一些令她反胃的話語如「妳下面濕了沒」、「讓我放進去」，抑或聽到像是她在幫媽媽醃肉時那種濕潤的趴滋趴滋打手槍聲音，她就會把自己的聲音拉掉，放出錄好的呻吟聲，往後躺在辦公椅上不斷練習著「紅鯉魚與綠鯉魚與魚」這句繞口令，一邊撥彈著指甲，發出喀喀喀的聲響。直到話筒那頭頻頻發出爽快的呻吟聲，還自以為紳士地問小瑜「你到了嗎，我要到了」，小瑜就按下音效台詞「噢好爽」、「好大」、「要壞掉了」，配合對方的聲音表情，像她手機裡的節奏遊戲，音符來時按下對應區塊按鈕，她自己給自己一個「excellent」，炸出一朵喝采煙花。

恐怕跟她說話的男人們永遠都不會知道，小瑜對這些長雞雞的傢伙一點興趣也沒有。

這樣公事公辦的色情業務讓小瑜很快就上手，上班打卡下班打卡的日子裡不知不覺賺了不少錢，比起前一份做教具、參考書的工作場合裡天天開朝會訓話又性騷擾員工的豬哥老闆，這份工作顯然多出一點點尊嚴，反正都是被生活強姦，她寧願隔著電話播放錄音檔，也不願天天活在要嘛被長輩說教要嘛被毛手毛腳的恐懼裡。

她看著小隔間裡的蔡姐，自以為理解為什麼她開了這樣一家色情電話的公司。

有一天她接到電話，是男人打來的並不意外，意外的是他並不是那麼想和小瑜聊色色的事情。

「妳們……通常會講什麼啊？」

「唉唷。講什麼都可以呀，看你想講什麼嘛。」

「比方說，那方面的經驗之類的？」

「好啊，當然，你仔細聽囉，有一次……」小瑜把自己聲音拉掉，開始放著預錄好的色情鹹濕故事。十分鐘之後故事講完了，小瑜伸伸懶腰，「怎麼樣？這個故事，好，聽，嗎～」

「不好意思，我沒有感覺耶。」

「那我再講一個唷。有一天……」她又播了另一個色情故事。

「我還是沒有感覺耶，可能這不適合我，還是我下次再打？」隨即掛掉電話。

雖然這男人很有禮貌，但不知道為什麼小瑜心裡有些過不去，好像自己的專業被否定了。

吃飯時小瑜跟蔡姐和同事們提到這通怪電話，大家沒有特別驚訝，反而接連分享自己奇怪的經驗。最常見的是一群小屁孩打來連話都說不清楚，也有放著電話什麼也不說只顧著喘氣的，比較特別的有中年婦人打電話來破口大罵；也有一接起來只聽到念佛聲；還有打來說要找西瓜的，一連打了數通，到最後哭起來自己解釋說西瓜已經死了我好想他。

蔡姐在一旁默不作聲，靜靜吃著熱湯麵。終於吃完才開口說：「小瑜，這是個工作，雖然我們是要滿足客人想像，但不要忘記工作守則有一條，要認真但不要動真情。」

隔天那個男的又打電話來了。

「哈囉，我是小～瑜～今天想聊什麼呢？」

「我昨天有打來。」

「我記得唷～」

電話兩頭暫時陷入沉默，都在等對方開口說點什麼，框出了一小段空白。

「其實你沒有很想聽我唬爛的那些故事吧。」她想了一下，決定不裝娃娃音，用原本的嗓音說話。

「呃……對……」那男的嘆了一口氣，「其實我只是想試試看……」

「算了，沒事。」他又說。

賓果，她猜到了。

「不然這樣，我們來交換故事，我先講一個，再換你講。」

「好。」

我從小就很喜歡魚，可能是因為我名字裡有個瑜字的關係，同學也都叫我小瑜。以前逛夜市不是通常會分成三區嗎？賣吃的一區，賣衣服飾品的一區，玩遊戲的會另外聚集在一區。以前念書的時候還會跟同學一起玩套圈圈、射氣球之類的，後來同學都不愛玩了，窮學生總是先填飽肚子再說。可是我就是那個最喜歡玩撈金魚的那個人，每次都要同學陪我玩，三個紙網一百元，老實說我也知道很貴，所以到最後他們都站在旁邊看我玩。

有一次，常去的金魚池子裡突然跑出一隻紅白黑相間的魚，我一看就知道牠不是金魚而是小錦鯉，因為金魚的身形較為細瘦，鯉魚的前半身較為渾圓。我打定主意要把這條落單的錦鯉撈起來，不然活在一群金魚裡太孤單了啊！金魚跟鯉魚耶！金魚語跟鯉魚語是同一種語言嗎？就算是，金魚不會仗恃著自己人多而去欺負鯉魚嗎？

我動用畢生撈金魚的技巧去撈，但這條小錦鯉的力氣太大了，跟同學借錢，用掉十五個紙網才把牠撈走帶回家，放進自己精心布置的水族箱裡。

當晚我就作了一個夢，我夢見自己變成了一條鯉魚，優游在廣闊又清澈的河裡，天天看著漂亮的山巒和樹木，以為會一直這樣自由且幸福充滿地直到老死。但有一天我被撈起來，放在現實中我的魚缸裡，魚缸很窄，窄到像是周遭的水壓把我緊緊壓住，渾身動彈不得。水族箱也越變越混濁，彷彿都沒有人來清理。但我是一條魚，我對著魚缸外的我自己喊著：快放我出去，把我放生。但身為人類的我沒有聽到，躺在床上一直睡著。於是我就在這池艙水裡缺氧死掉，翻肚，浮出水面。

醒來之後的當天我就大病一場，接連幾天渾身無力地躺在床上，想起這個夢境，我要求外公趕緊把魚拿去乾淨的河裡放生，外公一開始覺得我在鬼扯，幫我清理魚缸、換了水和植物，但錦鯉還是有氣無力地漂在水面，而我的病也越來越嚴重，去醫院也檢查不出什麼，只是一直開止痛藥給我。到最後我尖叫般央求「再不把魚放生我就要死了」，外公才帶我去山上，把魚放進清澈的河裡，我的病總算好起來。直到現在，我的身體都很健康，沒有生病過。[1]

「真好聽。這是真的嗎？」

「你覺得一家色情電話公司會預錄這種故事嗎？還是我旁邊有整套中國民間故事全集？」

「的確。」他說，「那換我了？」

我國中的時候常常作一個夢。

這只是作夢喔。

同班同學裡有一個山，他是那種每節下課都跑去打籃球，下雨天就在教室裡做伏地挺身，週末還會去健身房的男生。因為山的關係，我也逼著自己學打籃球。體育課時，班上的男生通常分成三種小團體，一種是像他那種運動底子很好的，另一種是普普通通、但拿到球還是會玩玩的，還有一種是不太運動、被逼著走兩圈操場就坐在樹蔭下休息的。我原本是能發懶就發懶的類型，後來跟大家隨意玩玩，越玩越練出心得，於是就想加入ㄩ的團體裡打球。一開始當然被電爆，同學紛紛說不要讓我亂入，也是ㄩ說：「本來就是要跟強的人打球才會進步啊。」才讓我留在這個團體裡。

球打得越來越好的時候，ㄩ約我去健身房，他說一個人練實在太無聊，我也答應了。每天固定上課、打球，週末重訓，我的身體變得跟他一樣越來越精實。有一天他突然問我：「你有沒有喜歡的人？」我呆了半晌，本來是想說沒有，他接著問：「你該不會喜歡我吧？」

我趕緊否定，他又問：「那你有沒有打過手槍？」我說沒有，意外的是他也說他沒打過，於是就約好在學校活動中心的廁所裡打，然後，

「你就醒來了？男生不是都會驚醒然後發現自己『畫地圖』嗎？」

1 改寫自上田秋成〈夢應之鯉〉。

「你別吵啦，我繼續說。」

這種感覺其實不太舒服，一來是第一次，總是覺得卡卡痛痛的，然後是覺得在別人面前掏出東西感覺很怪，雖然我們是各自處理但還是覺得有點尷尬。最讓我過不去的地方是其實我搞不懂我自己對他的感覺，雖然跟他一起打球健身幹麼的感覺很好，但那種好也不知道是不是喜歡，畢竟我從來沒有喜歡過任何人，沒有想要霸占誰、跟誰在一起，或是天天都想著某個人的經驗。

那天之後我跟Ｕ就像是什麼事情都沒發生似的繼續學校生活，但是某天他把我加入某個群組，一點開是色情影片分享的網址或載點，還有一個記事本寫著下載的方法或是網站的會員密碼。他跟我說這是他好不容易把我加進來的，要加入都需要會員審核資格的耶，有空我們一起看。我問那你怎麼進群組的？他說是他哥把他加進去的，再往前推，就不知道是誰了。後來他又約我去廁所，點開群組裡的網址，看著不同類型的影片，還一直害怕外面有人經過，只能把音量關到很小，兩個人幾乎把耳朵貼在一起，靠在手機喇叭上，但，就是沒感覺，但我跟他都沒有起反應，只是一直看著那些女優叫得很慘的樣子，這樣度過了一個無聊的下午，然後我們在小便斗撒泡尿之後各自回家了。

國中畢業之後我們就沒有再見過面了，他考上公立的一中，而我搬家之後在別的縣市讀了高職餐飲科。退伍後聽說他在讀醫學系，然後，這真的是夢到的喔。我夢見他常常在公車或捷運上騷擾女生，一開始幾次都還能順利得逞，頂多就是被發現之後趕快下車逃走。但有一次女生大聲求救，周圍的乘客聽見了，不管男女老少把他圍起來，不讓他走，還被公車司機直送到警局，學校也因此把他開除。但明明一起看片時他根本就沒反應，但，也就那樣，畢竟中間很長一段時間沒跟他有任何互動來往，也有可能這中間發生了一些事情，我不曉得。

「大概是這樣，你相信這個故事嗎？」

「你說了我就相信囉。」

「那如果我說我就是那個ㄩ呢？」

小瑜下意識地念出「紅鯉魚與綠鯉魚與魚」。

「騙你的啦。」他說，小瑜鬆了一口氣。

「對了，是紅鯉魚與綠鯉魚與驢唷。」他說完，就掛掉電話。

我在等你的時候讀了這東西

紙

一棵樹可以做成八千多張A4紙。

這是在前一份工作時聽到的一句話，儘管離職已久，腦海還是頻頻跳出這樣一格對話視窗。

印象中那是一場編務會議上，為了減省公司開銷要求，總編要求執行編輯在校樣時使用電子版本，不得印出紙本，就算是作者本人要求寄送紙本，也要盡量說服對方使用電子檔案。

「一棵樹可以做成八千多張A4紙，」他說，「從第一季到第四季，從一校到三校到降版，這樣一年可以少用多少箱紙？少砍多少樹？大家不妨想想看。」

實際上能省下多少紙張，少砍多少樹已不得而知，那時我正在做一本某縣長候選人趕在選舉前出版的自傳。說是自傳，但我猜代筆接案的寫手從來不曾親自見過候選人，只用了我轉發給他的競辦提供的資料虛構了一份人物傳記。接案者傳完稿檔案來時在郵件說：「我覺得自己好像在寫小說。」也不只他，負責修潤這份稿件的我也強迫自己進入一個不屬於我的人格：藍圖、理想、付出、願景，動用這些放置記憶抽屜裡已久的詞彙令人感到精神痠痛。

編輯並覆寫這篇半虛構傳記時，不知道為什麼我一直想到學校裡教的小說圓形人物這件事，於是要寫手加一段候選人較為負面的人格事蹟，藉此襯托參政後的轉變。他很快回信：候選人小時候出於好奇，爬到圍牆上偷看鄰居洗澡，卻失足摔斷腿。躺在病床上才得知醫藥費是父母到處借貸、標會而來，因此悔不當初，奮發向上，邊打工邊讀書，最後取得進修部的學士學位，參與政治工作，並從基層開始……

如此這般像人工智慧寫的東西，總編看完，十分滿意，下令盡快進行編排流程。上市不久，該候選人當選，書也大賣，擠進排行榜，再刷又再刷，送到各書店平台。一棵樹可以做多少張紙？我已經無法判斷這是否為一種浪費，只是一直想著，如果母親知道這件事情，也許她會跟我道歉嗎？她會不會說出像是「當初不該說你寫東西沒有用」這樣的話嗎？然而，這種假設早因為她的過世而無法印證，我也不曾因為寫作而額外得到什麼紅利，沒得過獎，投出去的稿也從未被採用，只記得中學老師在我某篇週記留了一句評語：頗有文學造詣。

我因此天真地以為，自己有些才華。

可能是我誤解了老師，也有可能是老師誤解了我。或許誤解可能是一種雙向的關係，那篇週記就只是一個隨機的產物，在一場災難之後，任誰都寫得出有點感觸的東西，而誰讀了都會激起惻隱之心，而老師也就是心血來潮寫了一句其實沒有別的意思的評語。自此它被收進儲物箱裡跟著我到處遷徙，我也不曾把它取出翻看。

儘管如此，我仍記得那篇週記寫的是中學時，家裡發生火災的狀況。

那時父親剛過世，在騎樓弄了個靈堂，簡單辦了喪禮。火盆裡，紙錢搭的橋不能斷，只能徹夜摺著燒著。

姐姐附耳過來，對我說了一句話：「其實你跟我不是親姐弟，我是他們收養的小孩。」

那時的我不明白她說這句話的意思，也不懂她為何偏在那個時間點說這件事，只是恍惚之間，盆子裡的火越來越大，引燃了靈堂裡的布幔，火焰隨其蜷曲的動線抵達天花板，晦暗的客廳因此整個亮堂起來，彷彿有什麼喜事發生。憂鬱症的母親見狀突地醒來，要我們趕緊出去躲著，自己卻留下來滅火、打電話通知消防隊。姐姐從外頭接水管，捏著管頭，遠遠地替棺木周遭灑水，彷彿害怕父親遺體還沒送進殯儀館，就在這場意外之中火化。

此時的我其實並不在這裡，「不在這裡」不是字面上的意思，我就在這裡，只是走到了街的另一端，靜靜看著這一切發生，然後在腦中不斷有話語出現。火光點亮的夜空裡飄旋著紙錢、布幔和花朵的灰燼，變成了乾燥的、灰濛濛的、人工聚合物的燃燒的氣味，像艱澀的曲式，粗礪地磨過鼻腔。消防車的警笛聲從遠迫近，重裝的隊員跳下車，拉出水管，澆灌，水花像連續劇的下雨場景，只是雨打在了灰頭土臉的母親頭上、臉上，髮絲像便當裡的海茸掛在額前。她趴抱著棺木蓋，哭喊著不要淋濕她丈夫的身體，一邊抗拒著把她拉出火場的消防隊員們，把偶像劇演成了浮誇的類戲劇。我一直記得那畫面，它不讓人感到悲傷，也不有趣，像是一部三流的電影，做出不到位的情緒，令人尷尬得想提早起身離開座位。

但那畢竟不是電影，那是真的發生的事情。

當然，週記並沒有寫成這樣，國中時我只能寫出「感覺非常不真實，好像新聞裡看到的事情發生在自己身上」的片面描述，以及「父親因為這場火好像死了第二次」的結論，那時還沒有辦法處理太複雜的敘述，或者我根本也不了解自己明明在卻感覺像是不在的處境代表了什麼。只記得鄰居阿婆拿著擰乾的毛巾不停替我擦著臉，說我一定是嚇到了，一臉沒血色，嘴唇也發白了，擦完之後她張望火場、皺著眉、唉聲嘆氣，彷彿燒的是她的屋子。火勢雖然撲滅了，屋子裡還是一片狼藉，而棺木的上半部燒得有些嚴重，向裡頭張望，父親灰白的頭髮因為高溫而蜷曲起來，竟有些許笑意竄過我的心裡，我緊張而必須得咬住舌頭壓抑自己。

但姐姐見到走樣的父親大體，哭到不能自已，彷彿一把火把她最後擁有的東西燒毀了。

印象中，一頭旁分白髮是父親的專屬標記，標註了六十多近七十歲還能風度翩翩的樣貌奇蹟。姐姐最喜歡趁父親在讀報紙時從身後湊上前去嗅聞他的頭髮，可是我聞過那味道，只是一般男性的頭油味，如同經過某個國中老師或搭公車時會聞到的味道，其實沒有什麼特殊之處。但是，要說起父親，我都會記得那副圓眼鏡和白髮，以及總是會在母親情緒崩潰指責我一無是處時說：「**此木以不材得終其天年**[2]。」的緩慢溫和。

2 《莊子》外篇：山木第二十。

我沒有將這件事情跟誰說，只是默默寫在週記本裡，姐姐莫名其妙對我說的祕密沒寫進去，我漠然地看著這一切的態度也沒寫進去，更別說那詭異的笑意了。

然而，老師除了留下那句評語，也沒有多問什麼。

很快地我就從國中畢業，像是帶了一個別人不曉得的印記到了下個階段，沒人知道有那麼一句話在我的心裡變成一塊長效的炭不斷地燒出熱能。當同學都在玩社團、談戀愛，只有我成天窩在圖書館裡把年度文選一本一本抓起來讀，寫字投稿，有時供稿給學校刊物使用，也得幾次校內文學獎，但校外的全都鎩羽而歸。母親翻我書包總無端崩潰地指責我寫這些東西有什麼用，念文組有什麼用，我偷偷詛咒她怎麼不早點去死，在學校抽屜裡用美工刀刻著去死吧三個字然後畫了大叉叉，過沒多久，她就真的死了。沒有外傷，報警也驗不出什麼來，不是自己服安眠藥過量致死的，就只說了：猝逝。

升上大學我仍然做著差不多的事情，差不多的讀著，寫著，差不多的一無所獲，畢業之後我才發現自己成為一個毫無是處的人，除了做些文字工作，其他的，我一竅不通。

直到總編因為這本書的暢銷送給我這個責編一個厚重大紅包，我意識到自己的後知後覺，一如父親過世後不久母親也跟著走了，我沒有感受到特別難過，只是會一直想到從火場走出來的自己坐在對街靜靜看著的樣子。文字到底帶給我什麼呢？我已經分不清楚到底它賦予我的撫慰還是傷害。其實被詛咒的不是別人，而是我自己。

此刻我只是低頭看到自己被那些陌生的字詞餵養得肥大的肚子。我對總編說：「我明天辭職。」

他被嚇到了。

不知道為什麼，我有點開心。

那句「頗有文學造詣」好像在此刻終於出現意想不到的效果，它變成一個拳頭，往總編的肚子上扎實地揍了一下，讓他倒退了兩步。

你找到下個工作了嗎？對現在的薪水不滿意嗎？——這樣的詰問於我答案都是否定的，我說，等等會整理交接資料，明天就辭職，非常謝謝這段時間的照顧。

很快的，我到了高中同學開的裝潢工班工作。因為缺工，免去面試直接錄取。一個月只排休四天，其他日子都在鋸木釘木，機具組並不難用，花點時間上手，難的是身體永遠超過意志的負荷率先過載，尤其長期坐辦公室、不勞動的身體更讓人舉手舉步都維艱。休假的四天在身上貼滿貼布，抱著賣場買來的鯊魚抱枕，然後無止盡地陷入睡眠，其餘的日子都在勞動，操練許久不使用的肌肉。

雖然是木工，但這份工作讓我沒有離文字和紙張太遠，至少我還習慣在板材後頭寫字，記下尺寸、材料、標示，有時也會隨手記錄下班之後的購物清單，也喜歡寫寫毫不相干的字詞：悵然、餘燼、道德的難題。反正屋主也看不見背後，他們永遠只看到漂亮的那一面。於是我越寫越多，抄一抄喜歡的詩，悲傷的寫在天花板，快樂的寫在浴室，寂寞的寫在臥房，咒言般框住空間。

同學沒有阻止過這些，但會在通訊軟體上排班表時，總問我是不是缺錢所以卡了這麼多班，但不是這樣的。只是我也很難跟他說明在用鋸機或釘槍時充滿噪音時心裡的平靜感，語言在嘈雜的寧靜中像地下水般湧出，畢竟我們不算熟，高中時不是同一個小圈圈的，他就是玩社團彈吉他組樂團的那個，而我是窩圖書館的那個。大學後我們各奔東西，唯一一場同學會上我們互相敬酒致意，那時他已經創業，而我才剛成為編輯助理，什麼都是剛開始，對一切未知都還滿懷熱情，他大概也從沒想到，後來我會成為他的員工。

一天他看見玄關板材的背後寫了字，像端詳著藝術品，低聲念著我那些奇怪的字詞和句子。

那時我正收拾東西準備去接外甥，走到廁所時，又想起業主在廁所門板上貼了張「預借廁所請至一樓大廳」的告示。每看到一次，我都默默在心裡用紅筆把「預」圈起來，改成「欲」，在腦海中貼上校稿用的標籤紙，一個人默默地發著扭曲的脾氣。離開前同學指著這幾行字說，這幾句話很有意思，你寫的嗎？我猶疑著要說什麼。我回答：這不是我寫的。

他聽到這樣的回應似乎有點失落。

「你應該試著寫寫看的。」他說。

我有，我試過很長一段時間了。但我不敢說，不想說。

樹

修文讀國三時，就被媽媽安排轉學到這所半山腰的私校中學，附近也因為這所明星學校而熱鬧起來。乾淨的街道，挑高的咖啡館，超級市場與速食店共用停車場，租書店與影印店比鄰而居，一個證件照拍攝機在轉角安靜地等待；從這裡彎進一條小巷，不同品牌的手搖飲店就沿著道路列隊，遠遠近近傳出歡迎光臨的招攬聲。

學校後門再上去一些是高級住宅區，修文轉到這裡之前，我曾跟著工班來這裡處理幾個透天別墅裝潢的案子。工程收尾離開時，園藝公司請吊車來準備把一株中等大小的苦楝吊上三樓，一個操作失誤，把當作女兒牆的玻璃圍籬撞壞，碎成一張美麗的蜘蛛網。周遭的人發出驚呼，有人奔走上樓看狀況，有人打電話聯繫，吊車司機繼續抬高吊臂，將苦楝樹送上露台後，懊喪走下駕駛座，抬頭望著。我只注意到一件事：那株苦楝的枝幹並不筆直漂亮，彎拐盤曲的主幹、皴裂的樹皮，就像佝僂的老人跛足而行，被時間凝滯，彷彿在凋零的前一刻駐足。原本不明白屋主為何挑了這株做造景，沒想到春末夏初時，整樹開滿了灰紫色的花，風一吹來落下粉紫色的雪、乳脂般溫暖的香氣。

就是那個時候，修文轉學了，成為明星私校的學生之一，將來也會直升同一所學校的高中部，一如從山腳爬到山頂高級住宅區那樣的風景，至少他媽媽是這樣想的。

開車到這時我刻意兜了一圈，遠遠看見一整樹柔軟如絨的花在高高的樓頂綻放，車裡，還是國中生的修文左眼眼角有一顆痣，像一滴黑色的眼淚，底下臉頰就是幾顆手癢摳破的青春痘。他總若有所思地看著窗外，第一句主動開口說的話是：「欸，你知道我媽交男朋友的事情嗎？」

我當然不可能直接問姐姐有沒有交男朋友，那是一直都單身的她的權利，也是隱私。

「騙你的啦。」

從那時起，我就得接受他各種小小惡作劇般的謊話，比如敲敲車窗說右後輪沒氣了，指著我的臉說沾到番茄醬；又或者傳訊息來說老師延後放學，結果早早埋伏在校門旁，突開車門喊搶劫，直到這些謊言都讓我司空見慣，升高中後小謊不常聽到了，但彷彿是他不滿足似的變得任性起來，常說不想回家，要我開車帶他兜風、逛商場、看電影，把一千元紙鈔兌成一百個十元玩夾娃娃機，保夾也不通知店員，玩完才依依不捨地離開。某個夜裡回家的車程上，他面對著車窗外喃喃自語說反正家裡也沒人，回去也就只是面對一堆家具和垃圾。

「不如放一把火把它燒了。」他說。

我經常告訴自己，這是隨口說的一句玩笑話，不要跟小孩子計較這些。

但越是這樣說服自己，這句話就越清楚存在。

修文從小就都是我在帶的，雖然並非真正有血緣關係的舅舅——他也從來沒叫過我舅舅，總是叫我「欸」，或是直接叫名字俊嘉，聽起來，比較像是個經常見面的朋友。姐姐在科技業的工作不好隨意走開，我退伍後還沒就職，就充當起修文的家長，也因此和他的感情日趨緊密。我常常幫忙簽一些通知單、同意書、接他上下學，幼兒園結業式也是我出席參加。看著修文領全勤獎、拿著結業證書，儀式最後唱了感謝爸媽之類的慢歌。孩子們拿著不同顏色的彩球轉著圈圈，我只注意到修文頻頻記錯左右手的舞蹈，以致動作總是相反的好笑模樣。而底下所有家長都紅了眼眶，難掩悲傷或感動地不停挪動身體或擦拭眼淚，讓毫無表情的我顯得突兀。直到最後老師宣布典禮結束，要把畢業生贈花送給爸媽，修文伸出短短的，小小的手，將自己用粉色色紙做的康乃馨遞出來，一股腦摸在我的小腿上，當下，我竟因為有些感動而不知該如何反應。

謝謝。我說。

我蹲下來，嘗試抱住他，像是抱著一隻草食性小動物，溫溫的，軟軟的，會在人的面前咀嚼著蘿蔔那樣毫無戒心。

在他長大後，不再羞赧地遞花之後，我還是想起這個畫面好幾次。各種典禮這個過場一直都令我感到太過煽情，即使經過這次，這個想法還是沒有改變，但唯一讓我發覺什麼的是自己在那個當下終於不像是個冷冷看著火燒起來的，沒有血色的某個路人。

修文升上小學，就對我冷淡了一點，尤其是在某個事件之後。

某次修文跟同學爭吵，只因為大家在討論自己的爸爸時，修文說自己的爸爸是「媽媽的弟弟」而被嘲笑氣哭。班導師打電話通知，我匆忙趕到學校，弄清事情原委時有點僥倖覺得幸好修文沒有對同學動手，只是歇斯底里哭了一天，吵得全班沒辦法上課。導師委婉地這麼說：似乎修文媽媽很忙，總是見不到人，讓我這個舅舅跑一趟很過意不去。

「同學說我臉上這顆痣是愛哭鬼的記號，」他說，「說是我把爸爸哭死的。」

小孩不知道自己說話惡毒是常有的事情，從字面上猜測同學說的是修文剋死了爸爸，留這顆痣就是哭爸哭出來的。然而我猜修文的親生父親應該還在某處活得好好的，至少他要求姐姐墮胎時還能迅速拿出一筆錢來，但到了最後，姐姐選擇的是當單親媽媽，堅持生下修文，就跟對方分手，對方後來也很快就有了新的女友，此後再沒有跟我們聯絡。

我從來沒跟修文說過關於他的父親的事情，猜想姐姐也不曾提過這件事。

知道媽媽的弟弟不是爸爸之後，修文與我疏遠許多。

過幾年修文升上國中，我正好忙於第一份工作，錯過了他的青春期。姐姐有時會一次丟十幾個訊息來，一點開全都是修文的照片，她說兒子整個抽高囉，長得不太一樣了，同時抱怨修文越來越不愛說話，不知道他在想什麼，問我，是不是叛逆期，你以前會不會這樣。照片裡的修文如果不是避著鏡頭，就是只拍到模糊的、晃動的側影。修文高一時，姐姐拿出一本用紙膠帶黏滿邊緣的筆記本，問我可不可以拆開偷看。我搖頭否定，這種防護機制只防君子不防小人，一拆不就知道是你動的手，你不信任他嗎？但她直覺裡面一定寫了什麼，反駁說「我是個母親，哪有君子或小人的問題」就撕開了。她緊張兮兮地翻閱著，提到某個名字，某個地點，都輸入手機記事本裡做紀錄。

「萬一他不好好準備大考，只顧著談戀愛怎麼辦。」

這樣好像太過分了。就算真的談戀愛好了，那也是總有一天會遇到的事情吧，我們又不能代替他活著。

「你哪裡懂？」她說，「他想喜歡誰當然都可以，可是你不知道他會遭遇到什麼事情，別人會怎麼對待他。」又補了一句：「他不像你這樣是個孤僻的人。」

她彷彿沒有意識到，也不在乎我是否想聽，繼續說著：「爸媽他們過世的時候，你要不是聯絡不到人，不知道在哪裡閒晃，就算是人在場好了，你也一臉事不關己的樣子。你可以覺得別人都跟你無關，但不是每個人都這樣。至少我不行，我不喜歡被拋棄的感覺，而我也不能讓修文這樣活著。」

她怨懟地把日記塞回書桌抽屜，那天不僅我跟她鬧得不愉快，後來修文發現自己日記本上脆弱的保護機制被破壞也因此跟她大吵一架，冷戰許久，一直要到寒假過完年之後母子二人才沒那麼緊張，只是更疏遠了點，而類似的貼滿紙膠帶的記事本再也沒出現過了。

就算不手寫，一定也有方式把想說的話藏起來的，比方學校，比方網路，或者還有我沒想過的方法，把真心話澈底變造、加密。

就像那本日記。

我瞥見其中幾頁寫的是曾經帶他去過的地方，只是行文中沒提到舅舅或是我的名字，某些事件也和我記得的有所出入，彷彿是另一個人套上了我的戲服，在他的日記裡演出。

啟示

開車抵達學校時，校門口早已擠滿了接送的家長車輛。

學校門口布置著交通錐的年輕男子像一隻收了屏的孔雀，就算被塑膠外套和運動長褲包覆著，還是難掩身上其他地方的精緻：邊緣整齊的頭髮和鮮豔球鞋，像不小心露出來的漂亮羽毛。下課鐘響後他站回校門口正中央，手揹在背後，檢視經過的學生的服裝儀容。那些被家長費心思送進來的學生在這裡被修剪出整齊的形狀，看上去每個人都像雜誌的雪銅紙般在發光。

「你在看什麼啊？」不知何時修文已經自己打開車門進來，拉起安全帶坐定。

他是學校的訓導主任嗎？

「訓育組長，上個學年就來了。」

現在當組長的這麼年輕喔？

「那是你老了吧。」

修文的臉頰不知何時開始已經不長青春痘了，發育期在他身上來得快去得也快，也不過一兩年的時間，原本只比車子高出一個頭，現在已經抽高到塞進副駕駛座都顯得困難，還得把座椅往後拉，一坐下來就發現褲管顯短，裡頭的白襪迫不及待跳了出來。

「你覺得組長怎麼樣？」

什麼怎麼樣？

「就是怎麼樣啊？」

哪個部分？

「上次我在圖書館讀書，讀到一半他突然出現，對我說：『我也看過這本。』後來就常常在圖書館遇到他。他每次都問我在讀什麼，好像讀過很多東西似的，後來還變成我們校刊社的指導老師。」修文頓了一下，「聽說他之前在別的學校和學生好像有些什麼八卦，才調到我們學校來……這件事只在學生間流傳，跟校園鬼故事一樣，每個人都在講，沒有人見過。」

然後呢？

「不知道，就這樣了。」

他沒有說下去，話題結束，又將臉撇向窗外。

修文保持沉默，直到姐姐傳訊息來要求帶他吃晚餐，別吃速食店，我們就直接在店裡吃了披薩炸雞。他的媽媽、我的姐姐不知道的事情，常常變成我們兩人之間的默契、祕密，至少在吃晚餐這件事情上是這樣的，但在其他事情上面不是。可能是青春期的關係吧，修文變成難以捉摸的別人，很多行為都令我摸不著頭緒，比方他會坐在速食店裡一根一根慢慢吃著薯條，或是咬碎飲料冰塊，看看別桌在做什麼，接著打開自己的課本翻著，像個拖延時間的小學生東摸摸西摸摸。有時，他會在某個聊天的斷點突然搥打我的身體，像個蹩腳的演員違背本性，硬要演出很兄弟般的互動。打鬧過了頭，他會莫名發起脾氣來，抱著書包在膝上，轉頭悶不吭聲，這天也不例外。

到家時他依舊站在門口發呆，轉身在騎樓鐵門旁坐著，一臉不想回家、天地不容於他的裝酷表情望著車子。我拉下車窗是想叫他趕快上樓，他碎念著「煩死了」、「管真多」之類的話，甩上鐵門，蹦蹦蹦地跺步上樓。

當晚我重新下載了交友軟體，在不同的臉孔之間搜尋著，但一無所獲，既沒找著那隻孔雀，也沒看到修文，唯一的發現是自己在工作之中錯過了很多事物：時興的髮型、陌生的衣著和剪裁，大家談論的話題，人際互動的ＮＧ模式，流行語和縮寫變成一串密碼鎖把我擋在時代之外。

點進訊息欄，發現多年前的訊息仍存在裡頭。

最後一個交談的人，最後一句話是什麼，其實我記得。

那是已經分手的前任傳來的最後一句話，那天我忙到忘記週年約會，卻不知道為什麼下班的時候卻一點也沒有想要趕過去的意思，還逛了小書店，在街轉角的便利店吃了霜淇淋，傳訊息跟他說，我今天去不了了。他問為什麼，我說，我突然不想去了。

這是真的，就突然不想去了。

如果在乎是愛的其中一種表現，那此刻拿著霜淇淋的我坐在路邊發愣，任憑甜膩的汁液不停流過手指的我，又是怎麼回事？

訊息寫著：「你就是個渾蛋，只在乎自己的渾蛋。」這句話像是從過去穿越而來的手掌往臉上甩了一個耳光，讓我徹夜失眠，無事可做，只好打掃起小套房。

我的東西很少，少到幾乎不必怎麼整理，把日常垃圾清理掉，房間就空了。以前買的書早在離開出版業時全部打包，變成十來個紙箱磚頭，秤重賣給二手書店，只剩床頭矮櫃上擺著幾本常看的睡前書，以及一本大學時塗塗寫寫的記事本，寫些句子，有時拿來抄課堂筆記，或是撕下來當便條用。

翻開記事本第一頁的角落，抄著一行小小的字：我一次也沒有得到上天的啟示。[3]

或許我就是那個從來沒有得到過啟示的人，沒有得到啟示的人把毫無價值的筆記本連同垃圾一起打包丟到社區的垃圾集中場。

沒有得到啟示的人睡前在「混蛋」那行字底下回覆：對不起。

沒有得到啟示的人隔天去剪了頭髮，繞一圈百貨公司購置新衣，在小巷子裡找了間刺青店，在頸後刺了一個像是陰戶般的裂口。刺青師一邊動筆，一邊說：「好像有個人會把這裡扒開，掙脫這副皮囊，從這個縫裡爬出。」

可能他說的某個人很早很早就從這個身體離開了，這只是留個紀錄。

沒有得到啟示的人拍一張照更新交友軟體，一些訊息湧進。

紙花

有一天上工時隨口問了同學這句話：你知道一棵樹可以做成多少張Ａ４紙嗎？

「不知道。」他說。

你覺得這些紙被製造出來之後，有多少是被浪費掉的？

他發呆半晌，「你記不記得我們高中拿課本的時候一開始都很興奮，寫名字，翻看新學期的課程，跟補習班偷跑的內容比對。到了畢業的時候，我們一起把課本撕碎撒在中

3 赫拉巴爾《過於喧囂的孤獨》。

庭，別班的看到我們這樣做也跟著撕起書來，於是在六月的市中心，學校的中庭裡，下起一場紙做的雪。」

記得。

「你知道後來怎麼了嗎？」

本來以為他說的是全三年級都被教官留下來愛校服務，把全校所有紙屑掃乾淨才准離校的撕紙事件後續，但他卻說，後來撕課本這件事情變成了一個傳統。

每年六月時，一年級會負責把畢業生的課本全部剪成紙花，二年級的學生會在中庭各處鋪上帆布和網篩，畢業典禮前一天，畢業生會把所有紙花從最高樓撒下，看著所有曾經讀過的書、寫過的筆記、壞話或情話，全部都變成一場紙做的雪，在五分鐘內下完，伴隨著高中生的歡呼與其他，然後被學弟妹們迅速收拾乾淨。本來是胡搞瞎搞的事情，卻演變成為一種儀式，這讓早些畢業的學長姐們都出乎意料。

「說起來，是有點不甘心的啊。」他突如其來的感嘆令人意外，我原想著天天打球、趕緊畢業創業的人其實不在乎這些過場，但他卻說，把課本撕碎的當下很爽，好像反抗了什麼，但那時他很害怕，好像高中三年，沒有什麼會被留下，明明這麼努力的不是嗎。

「一棵樹可以做成多少張紙我不知道，但我知道的是，有時候，樹長得越好，越筆直，越容易被砍掉，木紋漂亮的被做成原木家具的材料，其他就切成薄木片、壓縮、裝黏，做成一片一片的板材。」

「就是你在背後寫字的那些。」他說，「我很羨慕你。我做了許多事情，到最後都是別人擁有的東西。」

我不知道該怎麼回應，卻在架天花板的結構時不小心從梯子摔下來，壓傷左側身和手臂，被同學送去醫院，強迫休假好幾天。之後出院回家休養，夜裡姐姐帶著修文來探望，順手帶來晚餐、零食和新買的換洗衣物，一邊碎念這個小房間太沒生活感，連個泡麵碗都找不到，一邊將賣場的烤雞隔著塑膠袋剝開，用餐盒和蓋子分裝炒飯。修文依舊東摸西摸，翻翻床邊僅存的書、各種繳費單，拉開抽屜關起來，走進廁所繞一圈，他說：「欸，怎麼沒有保險套之類的。」我們都沒有在意這樣胡鬧的話語。

隔天修文自己來了，提著附近買來的餐盒，一邊看網路影片一邊用餐。

我想起曾經做過一本科普書，不賣，但自己卻讀得興味盎然。書的內容在介紹樹的生態系，樹木的生長恐怕不如人類眼見的如此寧靜祥和，恰恰相反的是，樹跟樹之間其實頻繁地在溝通，樹會利用自己根部的真菌建立起的溝通網絡彼此傳遞訊息，如果某處的植株受到攻擊時會散發出化學物質求救，通知其他植物準備防禦；有時，生長較好的樹會用這個管道，把多餘的養分傳遞給其他缺乏營養的小樹；但也有的時候，某些樹種會為了自己的生存，故意散發毒物，抑制其他植株的生長。

人與人之間也是這樣，誰都不曉得底下的盤根錯節發生了什麼交互作用，只有接頭的兩端發生了什麼，有時彼此輸誠，有時灌輸惡意，有更多時候是在地底下互相試探彼此，但顯現在地面上的，只是令人不明所以的枯榮。

飯後他洗碗筷時問要不要幫我洗澡，我沒有答應。他逕自走進浴室轉開水龍頭，熱水器轟轟地燒騰著，走出浴室時他捲好袖子，一副若無其事的樣子。我說，只是斷了一隻手而已可以自己洗，但他堅持說：「這是你姐交代的。」隨後推著我進浴室，幫我褪去衣褲，打濕身體，抹上沐浴品，「我媽說你跟他不是親姐弟，是真的嗎？」

我點點頭，兩人陷入沉默。安靜之間，他的手在我身上的觸感，就像是在摸一隻不知道可不可以親近的貓，施著曖昧的力道和速度。

你小的時候我也是這樣幫你洗澡的喔，大概是你出生之後就開始幫你洗澡了。

我故意這麼說的。

他聽了這話開始刻意嘻鬧起來，故意搔癢、潑水，叫我「變態大叔」，說：「怎麼讓外甥替你洗澡。」接著像對待碗盤那樣沖洗，隨意用毛巾幫我擦乾，把頭髮吹得半乾，像是完成任務後就回去了。

這樣比較好，真的。

我不是沒想過悖德的事。

幾天後打開手機搜尋，終於找到了孔雀，社群的動態牆上全都是自己各種生活照——跟學生一起去校外教學的，站在校門口被學生捕捉的，朝會時間從司令台往底下自拍的，跟學生一起上游泳課在池邊合影的，發文貼出那些看上去很好的東西，暴露狂似地拚命把自己展現在大家面前。其中一則動態回顧是在大型文學獎的頒獎典禮，他拿著獎牌，與我傾慕的詩人比肩合影，作品還被放入主題選集。我讀著得獎的詩，其實寫得不怎樣，也許這樣的題材一時蔚為潮流，只是他恰巧搭上了這班車，又或者其實是他善於交際的行為和辭令讓他得以躋身，與其他詩人並列詩集之中，但最有可能的，其實是我羨慕、甚至嫉妒這樣的人，身旁總有貴人提攜，也不乏觀眾，光是看到底下留言者送出的花式稱讚，就知道像這樣的人，也許天生比我更適合吃這行飯。而我曾經距離這些事物最近的時刻，可能就只是那一句「頗有文學造詣」，以及為人作嫁的編輯工作。

相對而言，我的社群上卻乏善可陳，我沒有什麼可以向他人分享的事物，什麼也不想說。

是的，之於別人，我什麼也不想說。

我能拿出來跟別人說的是什麼？窩在圖書館裡讀著年度文選時，我一面覺得那些言之鑿鑿正義凜然或溫情無害的文字矯揉作態，但讀著其他那些歪斜的情感和人格卻也總是疑惑，困惑於為什麼這些都能像一塊原木般從陰暗潮濕的倉庫裡挖出來，好好雕刻、打磨、拋光，變成一個展品般陳設。閱讀的人在這些悲傷的文字裡想得到什麼呢？宣洩或淨化？證明自己還是有悲憫的情感以符合人類這種生物的設定？還是只是想旁觀他人之苦痛好讓自己活得優越一些？如果需要，為什麼大家都喜歡光鮮亮麗的事物而非悲劇？

連我自己也喜歡光鮮亮麗的事物，像是他，與他的身體。

和他約的過程很順利，他沒認出我來，也不諱言自己在學校任職，排課不多，多半是行政職和科任課程，有時還要安排社團活動。我說像你這樣的人一定很受學生歡迎，該不會還有學生告白吧，他說還好，歡迎的程度也就只是照片裡的那樣罷了。

也許是不好交淺言深，即使已經剝除全身的衣物和偽裝，交付身體給對方，但他也從未坦露心事，與他好幾次的經驗都讓我覺得自己身邊躺著另一個陌生卻信任的人。他會點起菸，不抽，說自己正在戒菸，有時只是想要聞菸草的味道，但在學校眾目睽睽之下又無法，只能捏著自己手臂上的戒菸貼片巴不得尼古丁趕快滲入血液裡。

我讀過你的詩。我說。

「真的嗎？」他驚喜地回答，「你覺得怎樣。」

雖然我看不大懂，但我覺得很不錯。

他放下菸，瘋狂地親吻我，唇與舌像是要把我吞噬般的吮咬著。這個時候，我才有了被他需要的感覺，雖然他從來都沒確認我們之間的關係，而我也不想確認。

字

那天我提早下工，開車到學校時還沒放學，校門口擺起了摺疊桌，社團學生賣著學校校刊社的出版品。時間還多，我買了一本躲回車上讀，其中一篇是修文在校內文學獎的得獎小說，我趕緊翻開，卻不太敢一個字一個字讀進去，不知道他會寫什麼。

我想，他其實並非不愛我。

他的後頸有一個眼睛圖形的刺青，應該是刺了很久那樣，墨色和膚色融合在一起，如同他的雙眼，是深邃而褐青的黑洞。每當他擁抱我時，我張開手，越過他的肩膀，就會和那黑洞對視。

我灌注了太多愛意進去，愛的質量太重，才讓這裡塌陷，形成扭曲的時空奇異點，而刺青是我們繞行的軌跡，摩擦而產生的最明亮的火花。但無論留下多少紀錄，我終究還是在這個史瓦西半徑的凹陷處不停朝著中心做著螺旋運動，直到被黑洞吞噬。吞噬後去了哪裡，我不知道，有人說會抵達另一個宇宙，而這個宇宙不會有我的存在，只會在黑洞的邊界投射我的全像投影，一個儲存資訊的虛像。

知道這件事情的時候，我很悲傷，像是在說，無論愛一個人多深刻，到最後，都只會是一個幻影，比如一種類比訊號，視網膜上的倒影，味蕾的刺激，觸感的傳遞。人終究是無法完全擁有另外一個人的。比如他。

我常常懷疑也許之於他，我與她只是先來後到的順序罷了，假設今天先認識他的人是我，而不是她，也許今天情形會完全顛倒過來，或者她根本就不會在這個宇宙裡。只是當我認識他的時候，我還只是個小孩，我十分清楚地記得在很小的時候，他第一次幫我洗澡時，他全身坦裸，水珠滑過毛髮間的下體，雙腿之間微微充血而晃動的事物。他寬闊而修長的手指輕撫過我的身軀和股間，告訴我以後自己洗澡要先打濕身體，將肥皂搓起泡沫，均勻抹在身上，然後用溫水輕輕沖洗。他還說，身體很珍貴，不可以隨便讓人觸碰喔。

因此當他用無盡溫柔的口吻說：「她是你的母親，不要跟她生氣了，好嗎？」我就更無法遏止要將一切都燒成星屑的火猛烈地升起，只想問他：「她是你的女朋友，那我呢？」

我做過不少壞事，比方把她房裡的保險套拆開當氣球玩，故意不收拾就丟在梳妝檯上；趁他們不注意的時候，拿著車鑰匙，把他副駕駛座的座椅調整成自己坐起來舒服的寬度和後仰角度；或是當他與她到家裡來時，我會故意敲敲她的房門，只為了看她不耐煩地打開房門，衣衫不整地發怒，問我：「到底要幹麼？」並從空隙間看到後頭裸身的他，半嬉鬧半微慍的表情跟我揮手打招呼。

「沒事。」

如果還有一件壞事沒做，我想恐怕就是真的放一把火把她家給燒了，但一直拖延至今的原因是她家也是我家，而我還沒準備好一個人生活。

我曾在一本小說裡看過，去刺青的人是寧願冒著劇烈疼痛也要把美麗的事物銘刻在身上，而刺青師是將靈魂化作墨汁，把自己的生命全盤給予，成為被刺青圖像的肥料[4]。所以除非刻意去除，不然此生就會一直帶著刺青直到死亡，就算是火化了還會留在骨頭上，

4　谷崎潤一郎〈刺青〉。

像此人生命的一個印記。

如果他死了之後，那個帶著我一起去刺青店留下來的黑洞還會存在嗎？她大概也不曉得這個刺青是為了誰而刺的，而我的眼角的淚痣既非她所生，也不是摳破青春痘而殘留的疤，而是我和他同時去刺的一個印記。

周圍的白噪音突然湧上來，我才意識到已經放學了，學生從校門口魚貫而出，而許許多多等候的家長車輛一個一個駛離，隨後又補上新的汽機車。

弔詭的是，這篇作品彷彿在寫我又彷彿不是，好像有一個連我自己都不知道的某一面被誰看見了，並仔細記錄下來。

再過不久我即將畢業，從他任職的學校離開。

學校裡有一個「黑洞」，是我與他最常待的地方，那是圖書館二樓的視聽教室，是電影欣賞社的同學上社課的地方，平常如果沒有其他老師或社團借用，通常是不會有人的。升高中的時候我故意申請到這所學校來，她那時還很高興地拿著我的錄取通知書說，他在這裡工作喔，這樣他就可以照顧你了。

我當然知道這一切，而且還加入他當指導老師的社團。起初他很驚喜，看到我已經不是當年那個他幫忙洗澡過的小孩，如今早已蛻變成穿著格子領制服襯衫和百褶裙的少女，就摸著我的頭髮，說我長大了。社課的時候大家都坐在教室的絨布椅子上，只有自願操作機器的我待在後頭隔間的控制室裡，等著他來，坐在我的身旁，跟我一起在小隔間裡看著黑壓壓的視聽教室裡放映出來的畫面，而我有時會分心地看著他後頸的刺青，以及在隔間玻璃倒影上看到我自己的淚痣。

放映志工的工作也不難，就是把藍光碟片放進機器按下啟動，調整音響音量，必要的時候停在他要講解的地方，但其實他要插話的機會也不多，大多是大家看完寫寫心得，頂多是讓學生構思一個影展片單，或是分組拍個五分鐘的微電影。儘管因為擔任放映志工而不必做這些指定作業，但我還是自願設計了一系列以女性為主題的電影清單和文案，預計邀請哪些導演與心理學家或作家或是性工作者來對談，這讓他非常欣喜。

「說不定之後真的可以辦一場這樣的系列活動喔。」他說。隔年我接下社長職，而影展果然在學校舉辦了，不少學生和老師參加，映後對談也頗受好評，他也因此受到校長和董事們的青睞，升上了主任職務。為此，他請全電影社的同學聚餐，餐後他一樣載著我四處兜風，又回到學校，兩個人待在視聽教室看影片。直到她打電話來，才送我回家。

畢業前我寫了一個劇本，找了演員，用手機當攝影，自己剪接，還拜託熱音社的同學幫我寫主題曲自彈自唱。期末發表時我拿著隨身碟在視聽教室放映，那是一個關於校園師生戀的故事，儘管男教師與學生互有曖昧，但兩人都很理智地克制了自己，在畢業時只給彼此一個擁抱。電影的最後一幕是多年後男教師結婚了，而學生始終無法對他忘懷，一天散步時遠遠看到他與太太推著嬰兒車，他們認出彼此，錯身而過，片尾曲響起，畫面漸黑，開始跑演員和製作組名單，特別感謝指導老師，他的名字三個大字放在最後，淡出，影片結束。

社團同學們看得非常感動，我望著他，不知道那是驚喜還是驚愕的表情。他沒有看我，直接起身走到教室台前，拿起麥克風問大家：「這個作品如何？是不是拍得很好？大家給她鼓掌鼓勵。」底下響起掌聲，「但老師還是要提醒大家，因為大家都還沒成年，而且師生之間有權力位階落差，所以還是要小心處理喔。」就像平常看完電影的討論時間一般，底下幾個同學舉手，說電影的結局處理得很好，老師與學生之間沒有踰矩的事情發生，反而是滿滿的祝福。也有同學說師生雙方出於你情我願，應該沒有太大問題吧。但也有同學說，雖然我們這個年紀最討厭被當成小孩，但實際上我們也不是真正的大人，所以身為大人的老師應該要更注意才是。

我遠遠地看著他，像是原告看著被告那樣，等著他接下來要說的東西。

「沒錯，你們都還不是大人，大人應該要謹言慎行才對。」

最後一堂社課結束了，大家都很歡樂且不捨，我把社長職務交棒出去，卸下擔子，望著這間「黑洞」，我竟有點不捨。

「我是你母親的男朋友。」返家的途中，他在車上像是在掩飾什麼地告訴我。

「我知道啊，你跟我說這個做什麼？」

他沒有回答，我們一路沉默抵達。並不想下車的我擁抱著他，看著他的刺青，我用眼角的痣去熨貼著這深邃而空洞的眼睛，好像我之於他會只剩下一滴象徵的眼淚。

「回家吧。」他說。

我下車，頻頻回頭看著不再望著我的他，我做了一個決定，想知道刺青是否在火化之後，仍會銘刻在我的臉頰上……

直到我意識到天色昏暗，得開燈才看得見紙上的字時，才發現修文還沒出現，而校門口早已經沒有任何學生和接送的家長車輛，孔雀也不在校門口了，取而代之的是三三兩兩走進學校運動的附近居民。

我抓著書，下了車，走進學校，瞥見圖書館三個字掛在左側建築物牆上。爬拾階梯上樓，大水螞蟻在日光燈周遭晃著翅膀，碰到高溫之後承受不住而墜落，二樓、三樓都是這樣的景象。我總有個不好的預感，如果真的發現了什麼，我一定不會再忍受，也許我會節制地往孔雀的肚子上揍一拳以示警戒，也有可能我會壓抑不住自己的怒氣而失手，畢竟，修文是我從小帶到大的外甥。

終於抵達時，修文與其他同學迎面而來，伴隨著嘈雜嬉鬧的聲音。

「你怎麼來了？」他問，「我忘記跟你說今天我會比較晚，今天在幹部交接，我要畢業了。」

他發現我手中的刊物，我的手指還夾在他作品的最後一頁。我的腦袋跑過很多畫面和話語，父母的、喪禮的、總編的、同學的，還有老師的評語。

「我在等你的時候讀了這東西。」我說。

別說太多，這樣就好。

後記
歪歪的人

向田邦子寫過一篇關於外遇的散文，但其實是寫自己捨棄了舊時常去的美容院，換了一家新美容院，多年後由於要參加宴會得做頭髮，但新美容院卻公休，只好又走進舊的裡頭。充滿彆扭跟尷尬的她聽到美髮師說：「跟以前一樣嗎？」讓她心裡一刺，一方面舊的氛圍讓她就像回到自家般舒適，一方面又覺得歉疚。她寫：「長期外遇的丈夫，自小三回到大老婆身邊時，大概就是這樣吧。我一邊這麼暗想，一邊閉上眼。[5]」

我特別對這種歪斜感到興趣，那是因為大部分的人都是歪歪的人，而歪斜的可愛既可恥之處就在於自知歪斜又無法承認，試著站得端正但腳底卻流著冷汗的扭捏心態。試想如

5　引自向田邦子《靈長類人類動物圖鑑》，〈外遇〉，麥田出版，二〇一五年。

果一個人大大方方承認自己就是卑劣的傢伙而毫無矛盾，那麼這種人的故事也沒什麼可說的，大概就是以負片展演的英雄史詩吧。

《我在等你的時候讀了這東西》的主視角多半不是主角命，而是歪歪的人，這可能源自我對人的認識大多時候是不那麼絕對、不站中央位置，或是性別身分、自我定位模糊。我總是在意那個左右為難、什麼也不是的人，因為什麼也不是，這樣平庸的事情沒人在意，我試著說說看。

我非常喜歡這些角色，他們很早就活在心裡，只是寫作時間跨度長短不一。〈衣蛾〉一天寫完，〈平行〉結尾更動數次；附錄所收是研究所畢業作品，在鏡文學的授權到期後，一字不改附上，一篇虛構小說卻是前作散文《我媽媽做小姐的時陣是文藝少女》的前身，我想其中有某種必然；然而作為書名的〈我在等你的時候讀了這東西〉寫了很多年，直到這幾年才意識到自己在追尋意義的路上誤讀誤詮了多少？如今只知道繞路也是一條正路，如同序裡真實與謊言的孿生兄弟故事所表達：表面一切皆為真，而謊言也表達一種真實，它們之所以成為表象或訊息，底下有許多我們看不見的迂迴的祕徑。

我閉上眼，想看到的就是那些隱形的路。

作品付梓出版前被問到是否基於真實？這問所有小說寫作者答案都差不多，事實如何切碎重塑是更重要的。真實意義上，我會是矛盾的主角，也會是看客，更有可能的，我是散落在每個故事裡，見識過無窮惡意的受害者。

我還記得這些，無論是親身經歷或是曾經見聞過的歪斜。

附錄
如何讓孩子乖乖回家吃飯

她到底還是把她的兩個兒子都嫁了出去。

瓦斯爐嗶嗶嗶發出點火聲，她的眼睛在火苗與火星中間惺忪、觀察著，直到嘩的一聲火燒成了一圈，焦邊的滷肉不鏽鋼鍋冒著汗，琥珀色的油凍冰層般融開，肉角、豆干、香料就從深色的湯水中探出頭來，仿佛地殼變動，板塊與板塊在滿溢香濃岩漿汁中不停震顫、騷動、摩擦，古老的岩層紋路走向，次遞著肥瘦厚薄不一的層次，或是只有氣孔而汁液從中不斷滿溢出來。醬油、糖、油脂分子不停因為她手中的高溫而碰撞著發出焦熟的香味，像一張巨大的被單，慢慢的，平滑的，被她攪著勺子的手越拉越大，覆蓋到這三十坪的老公寓裡，每條絲線、布面、內裡、襯飾，不停地編織著這種深沉而明亮的顏色，編織到木頭桌椅上、神龕、餐桌和紗網、大同電鍋、大兒子的西裝、便當袋、批來做為經營網路商店卻打消念頭的廉價女用包、小兒子堆滿房間的書冊、雜誌、那些不願沾染氣味而關進衣櫃的衣服、不知從什麼時候起總會收到他寄來的園藝日誌和書刊，甚至是千奇百怪的香草植物都堆在陽台，全都蒙上一層琥珀色光輝的氣味。

她將電鍋裡的舊白飯用飯勺翻了翻，溢出微微的澱粉發酵的氣味，水龍頭底下一沖水那個氣味就更明顯了——是小兒子討厭的隔夜飯氣味，像賣場裡的米糧區總發出粉粉的陳舊味道。還好小兒子不在家了，她放心地放到爐火上，反正對她而言是從小吃到大的味道，點了火，焰花一圈蓮，迷死人囉這淡淡的發酵的氣味，說真的她一直都覺得小兒子各種感官都太過神經質，分得出電視和收音機電磁波聲音的不同；分得出花的名字、糖的甜味種類、醬油跟梅干菜鹹味的不同；分得出，陽台上他寄來的數十種薄荷盆栽每一種不同，蘋果薄荷、葡萄柚薄荷、巧克力薄荷、綠薄荷瑞士薄荷香橙對他來說都是各異其趣的個體，而對她而言也許都可以歸類成幼時鄰人阿婆曬著的仙草青草茶底。她摘了兩片蘋果薄荷，洗淨，熱水一沖氣味一湧，遠遠那頭黑絨絨一團毛衣長了四隻腳，小蹬步到廚房門口，悶哼兩聲，倒下，壓得扇形隔間塑膠拉門瑟縮一旁微弱地發出唰唰聲。

牠餓。

牠無論什麼時候都餓（唉，什麼不會最會哭餓），她走到客廳，才打開飼料罐，牠就將頭塞進空的飼料碗中占好一個位子。只好一手摀著牠的臉架開，一手倒飼料（越吃越胖哎），她輕拍了牠熱熱的小腦袋瓜但牠只是甩甩耳埋頭吞吃（打也打不走），直到裡頭有人喊著，臭火乾囉臭火乾囉，她疾疾奔向那充滿各種氣味的廚房裡。

因為他也餓，如果不吃東西，不覺得餓，他就沒有填滿生活的理由。他不知道該做什麼，在客廳裡，穿了一件四角內褲，汗衫外隨意披著鋪棉深綠老夾克，裸著毛茸茸的腳，旁若無人地抖動。拿著遙控器，打開，轉了兩台，關掉，望著黑亮的螢幕裡自己的臉，他淘氣地癟癟嘴。

現在是上午九點，如果是平常沒有事他會很開心迎接這樣完全放鬆的一天，可以放下工具箱、電鑽和釘槍，窩在家裡翻冰箱，去逛賣場買更多的食物，或是等待她又隨意變出什麼點心水果端到他眼前他即便吃不下也能淺嘗這樣的一份鬆散——但除了全身肌肉因為長期做工而緊繃連睡夢時也緊張得抽筋之外。但是現在，退休後的現在，身體肌肉完全地鬆弛在沙發上，他望著電視裡的自己，放鬆到兩頰都垂肉了。聽見對面雙語幼稚園的孩子們在廣場上唱跳著他從沒聽過的歌，英文歌，英文好重要，他知道好重要可是從不知道什麼是英文。那些孩子曬著他大半輩子曬著的太陽，開心地唱著歌，他淡淡地用鼻子嗤笑一氣，想著這些孩子真是幸福，連曬太陽也是一種快樂，他的太陽是印在他的皮囊上的，哼著的是一肩挑起厚重板材的「春夏秋冬」閩南語歌。

春夏秋冬，一冬過一冬。

對面那些孩子有天也會長大，就像他兩個孩子一樣。「培養興趣」，他突然想起那個沉默寡言的小兒子的話。貓跳到神桌上，他大吼一聲——就像他年輕時，一肩將板模木材使勁地從滿是沙塵和釘子的地上扛起發出的聲音——下來！

牠太胖了，一個踉蹌碰翻了供桌上的酒杯，嚇得直往桌下，和吸塵器、大廈扇躲在一起，一團黑影之中有兩顆瑪瑙裂了縫發著靈巧的光（哈，被罵了活該）。

對了他還沒燒香，還沒將酒杯斟滿茶水，金色杯身倒翻在一灘水漬中，閃著清淺的光輝，金色，紅色，整個神桌上都是一種極度溫暖的粉紅色，彷彿真有神住著，坐鎮於此。屋子裡可以什麼燈都不開，唯獨要留神桌兩盞罩著粉色燈罩的鎢絲燈泡，光所及的區域任何黑暗都不能進來。他打開抽屜，迎面湧上厚厚的沉香，滿滿一櫃燭火線香，小心翼翼用他粗糙又厚實的手指抽出四根蠟燭，安插在燭台上，得小心別太用力壓得太深否則燭底裂開可就一點也不吉利。點起火，廳裡的紅光就更大了一些，像是新房令人感到新鮮又喜氣，有什麼好事要來的樣子，即便不是好事也會捻成一縷香灰，裊裊散去。

斜張手，燃起香火，他想跟神明說些什麼，卻又不知道該求些什麼，也許他早已無所求了，只好隨口在心裡說說一切很好，讓我中樂透吧，不不不，越是冀求越是事與願違，所以，一切都很好。貓從桌下走了出來。

牠又拉長身子，又弓著背，每次每次都得熱身，沿著香火燒出的一縷絲線，動一動閃著水光的黑鼻子，扭扭屁股，一蹬是茶几，再蹬是高櫃，望著燭光搖曳牠知道那不只是火，火外有扭曲的光，是神來過又是公嬤的魂靈——儘管牠不認得到底誰是神誰是靈。就像她見到牠的第一眼就和他說：白腳蹄替父母戴孝，他疑惑地說那不是狗才是這樣嗎怎麼連貓也能戴孝了，但她仍舊惦念著這句俗語——她知道俗是俗不過總是有著必然的原因，否則不會傳說了幾世還像塊匾額掛在家裡——於是起了名「揀枝」，從外頭揀回的粗枝爛葉不是親生親養又怎能戴孝。小兒子嫌揀枝難聽不如叫桂枝，聽著更像丫鬟的小名，又是滷鍋中靜靜發著香氣的一味藥材。

這一直是家中的同一鍋滷肉，也是最不同的一鍋。桂枝、草果、八角、甘草、花椒、丁香、茴香、荳蔻，曾幾何時——咦，曾幾何時有這八味藥呢？

鍋勺緩緩轉著，米黃白的湯水，一個又一個吐出有重量的沸騰泡泡。而滷鍋的顏色，已經不是數十年前，當她國小放學回家、餵完豬雞就進灶腳掌勺的那種死黑色。彷彿時間越近，顏色就越光亮，在朝陽的照射下身處在一片曝光之中，亮晃晃的琥珀色，她拿起醬油（剛加過別再加囉）又放下，彷彿有人在她身旁指點起來，不禁懷疑，自己是否老人痴呆了、幻聽了、或是離棺材越近，不能理解的事情就越多。探頭張望，他在客廳抱著「五路財神逼牌祕笈」盹著了，桂枝早已不知去向，應該是藏身黑襪子堆當中在陽台做著日光浴。鍋裡的桂枝像一個鉛塊錨定在鍋中的她青春的一個時間點，是嫁人時？不，再往後點，生大兒子時？不，更後些，開始跟著電視裡的傅培梅一起做菜的那時？她第一次見到一整個完整的做菜過程，一家八個兄弟姐妹在父母早逝之後，她從不知道怎麼煮菜，姐姐說放什麼就是什麼，哥哥農忙完吃飯說菜太淡就摸索著多加一些鹽。電視裡的傅老師說，滷一鍋好吃的三層肉不盡然要全放醬油，妳可以放醬油膏，讓滷汁更濃稠更有光澤看起來更有食慾。食慾，食慾是一種可以看的事情，喔，她此刻了解，辦桌的佛跳牆美味極了可是撈起來也是一碗分不清是排骨酥還是芋頭的混合物，唯有盛裝的容器是最美麗的藍紋白瓷甕，封著透明的玻璃紙，在謝神廟會的時候僅僅端出一大甕，鄉里的長輩先用、代表、農會的幹事，接著是大哥，然後才輪得到他們下面的兄弟姐妹，一碗琥珀色什麼都有，她不在乎她看見什麼了只是對於碗內吮指回味的脂味念念不忘。剛殺的豬公嘴巴塞著鳳梨，壽桃和玉兔以及粄粿僅是一味的紅，血紅到粉紅，台上的酬神劇再也看不到，到處是反光材質的亮面和色塊，嗩吶邦鼓鑼鈸，悲傷的噪音旋律迷惑雙眼，簡直都要以為這種熱鬧是一年一定要有一次的一種慰勞，淡漠到不行的貧苦生活色調中，硬要擠出來的一點朱紅，滴在土地上，土地才有了顏色。

而生活越來越好了不是？又生了小兒子之後兩人從塑膠代工廠攢了點錢買了房子搬了家，也各自換了份工作：他跟著朋友去搞建築了——雖然只是個板模技師；她在家工作但抱歉可不是個 SOHO 族——哎那時，哪有所謂 SOHO 族呢？去工廠批來一袋又一袋電器端子，她只負責拿著錫線燒融了接電線在端子上，一邊得避開錫線燒融的有毒氣味，一邊得看顧還在學步的小兒子以及到處闖禍的幼稚園大班的大兒子。根本不需要 SOHO 族啊光做這些粗活他們夫妻雙薪數字就高得嚇人，好像當時的閩南語女歌手唱的你著忍耐，無論三年還五載，受盡風霜也忍耐，忍過這期間等到了股市破萬點，好像才子歌手唱的帶我去月球，每個人輕飄飄的都可以遺忘地表的俗事，此刻起她煮飯時不在乎是不是吃飽而是能不能吃好。焊完了一批錫線，吸了一堆廢氣，接著進廚房又得吸油煙。她得忍耐，進了廚房開始懂得把紅蘿蔔切一切配色跟高麗菜一起炒，後來又懂得怎麼用紅蘿蔔片雕出櫻花的樣子，辣椒去籽也可以配色又不會辣到兩個小孩的口，賠根？培根——此刻她知道有一種外國醃肉也是紅的——跟菜一起炒就噴香得不必擺豬油。而養雞場在台灣興盛的年間孩子吵著要吃速食店的雞塊，騎著得踩十幾下才發得動的小五十到超級市場買了兩大包冷凍金塊，不，雞塊，黃澄澄又硬邦邦的多像金塊，想不到丟進油鍋裡炸它個幾分鐘起鍋擠上番茄醬馬上矇騙過兩個孩子（哇！是麥當勞買的嗎），而油，當然是選了電視廣告上一個圍著圍裙戴著頭巾，彷彿用了這鐵罐子裡裝的沙拉油立馬就變好媽媽的寶素齋。那時的滷鍋也開始放了時令的綠竹筍（說是高纖）、苦瓜（說是降火氣）、花椰菜（說是抗癌）、白蘿蔔（增加免疫力）。時間再往後，電視台（報紙、政黨、明星、唱片、大學）一夕之間突然多了好多，從電線桿上隨意拉了電纜線把天空亂刀切得沒一塊完整，節目蹦的像煙火一樣，看都看不完。四點到五點大家都在放學、都在煮菜，電視上的生面孔——飯店主廚、職訓班老師、美食專家、總是戴著手套的甜點師傅一個一個接連出現，有做不完的好菜、一煮再煮的滷鍋：（妳看）要加酒水、（妳看）可以放可樂、（妳看）蔥薑蒜要先爆香、（妳看）先煎三層肉逼油之後就不必多放豬油（妳看妳看妳看妳看……）。

對對對，沒錯，幫我拿蔥拿豆干，蔥在（陽台外用報紙包著晾著），對，豆干在（冰箱冷藏第一格生鮮區），對，如果不在那（就是忘在冷凍庫忘了退冰），從冷凍拿去（弱微波一分鐘）要小心（輻射很強），有一個人啊（在便利商店打工天天幫人用他背後的微波爐加熱食物結果）腎臟都熟了噢都長腫瘤了哎唷恐怖然後很快就……（過世了——媽！那都是假的新聞）。

叮。

豆干和大蔥，曬乾的蔥不必洗，摺成三折，直接塞進鍋中跟豬肉一起嗶嗶剝剝跳著舞爆炒。豆干一定要將微波後滲出的解凍水用力甩乾倒掉（知道知道），這水可不乾淨了都是滿滿輻射的

（媽！）好啦我知道我講過了，講過很多遍了微波爐都丟了換成烤箱又換成旋風熱蒸氣烤爐了還在講。

嘿啊，恁母啊丟系這款個性，一張嘴刺念個不停，不念彷彿會忘記自己正在活著（我亦希望我也通甭念啊，你呷血壓藥了沒？）吃了吃了。

他推推老花眼鏡，重新拿起筆——在他從板模老師傅退休後——或是退伍之後，不，甚至更早的高職畢業之後就再也沒有拿過筆了——除了偶爾幫兒子簽聯絡簿、作業訂正、校外教學家長同意單回條（我在晾衣服幫我簽一下大弟的聯絡簿），此後兒子都長大了，都可以自己決定事情囉，下班回家看到兩個兒子淨躲在自己房裡成天望著電腦裡頭藏著什麼祕密似的，只好自己洗澡，自己大聲吼著「來呷飯」——誰不知道，哎，他倆早早吃好碗筷一丟才窩在房間裡的行政自治區。簽名？那年還有青春歌手孫燕姿替他們簽名，有沉默才子周杰倫替他們簽名，大兒子和曖昧學妹情書往來的甜蜜簽名，小兒子從不知道窩在

房裡寫些什麼字自己替自己簽名，都是她跟他夜裡說的，一邊揉著他緊繃又黝黑的大小腿、拉開長期被板材壓得椎間盤突出的背脊，她一邊刺念，他一邊聽，扎實地聽，聽到昏昏沉沉睡去，聲音印在耳膜上。隔天看著兩個兒子房門門板上貼的偶像罵了兩句「毋知影哩唱些什麼碗粿」，只是淡淡地說長得還算不錯——他說的是拿厚厚粉底蓋掉痘疤的孫燕姿，不是戴著帽子不見五官的周杰倫。

已經不幫大弟簽名了。

是多久以前的叫法呢，大弟，他已經想不起來了，他總是六點四十出門上班七點回家一身檳榔和威士比的發酵味道，總被小時候的大弟說是（很臭），嘿啊很臭，所以你得好好讀冊不要親像恁爸同款（很臭），長大後大弟窩在房裡儘管不愛說話卻也有表情的，他都看在眼裡，來呷飯，大弟你呷飯未？大弟不作聲她急忙補上一句早就呷了，等你回來才呷都要餓死了，先呷完才去讀冊。

好好好，趕緊讀冊，你看人家拿筆坐辦公室吹冷氣多輕鬆，不要像我（伊知影啦），現在才知道拿筆是這麼爽的感覺——老花眼鏡下面是逼牌祕笈，上面看的是電視裡老師講得口沫橫飛的發財祕笈（起亦是落？）啊，擱落了啊，大盤落兩點（夭壽喔），但有一支單股起兩塊，賺兩千。蹬蹬蹬趕快打電話掛賣出，蹬蹬蹬，跑出廚房抓了無線市話分機——

（等等。）

等啥米？現在不賣你又想對我說教這樣炒短線是不對的投機心態嗎？恁母玩股票這麼多年，怎麼會不知道——熱錢進熱錢出，或是熱錢進冷錢出，也有只進不出的：莫非被斷了頭的，就是長期投資的。

長期投資？才沒有這種事情。長期有多長？像是政府一延再延的退休年齡，勞保健保國民年金，小兒子也二十五歲囉要開始繳年金了，本國最大的一張保單，退休後一次領回或按月領回，領到死，怎麼算都是領到死划算。於是島上人人都在拚長壽，位子坐久了坐熱了就是你的。現在看醫生除了整型和減肥沒有健保，大家一天到晚大小病都往醫院衝，一掛就是一百多號（天啊一個上午醫生要被一百多個人看，來來來你怎麼了別擔心幫你開個藥可以去批價拿藥了，下一位），而沒病的要醫生證明才能請病假的也到診所拿了三天份的普拿疼。但她和他一概不是習慣吃藥的人，鄰居的親家公、國小同學的初戀情人、那個誰啊誰的不都是藥吃多了還配酒喝，冰箱一打開嚇人喔門背板上的置物格子不是放飲料醬料洗選蛋，而是滿滿的五顏六色藥丸天天當維生素來吃，搞得腎臟洗一休一——什麼洗一休一？洗一天，休假一天，下半輩子活的歲數都要打對折，在醫院管子一插就是莫名昏睡。當然，除了昏睡沒別的事情可做。幸好3C產品蓬勃發展，醫院一排洗腎病人，左鄰右舍按著族譜最上一排的人都來了，組個洗腎團在醫院裡到處炫耀：你看這是我兒子買給我的平板電腦、你看這是我孫子送我六十大壽的生日禮物智慧型手機，蘋果的、宏碁的、華碩的、Samsung、LG、Sony、Toshiba，一個診間彷彿一個小型聯合國3C特賣展，什麼國族情結、歷史仇恨，他們眼中只有不斷飛起待砍的香蕉西瓜鳳梨、躲在木板冰塊安全帽裡的小豬，血液靜靜震顫透析著，手指卻不停揮舞，直到累了跟鄰床的還活著的老朋友道聲晚安就默默睡去。而沒有洗腎的人是怎麼辦到的？近幾年來人人都熱衷一事——排毒，是囉，都市裡多毒啊，陽光空氣水，電視手機核電廠高壓電塔，遠親近鄰的嘴更毒，來來來，這是金山買來的地瓜，每天電鍋乾蒸一條配著隔夜飯粥水包你解毒又排毒（可是，媽，金山不就在核電廠附近嗎），總之聽我的，不要老了走不動了身體出了一堆毛病才來怨我領的老年年金都拿來看醫生了（媽，那個民國一一六年就要破產了、領不到了），看到時候誰要幫你擦身體、做復健、換尿袋，哎，有人願意照顧你一輩子嗎？如果不去登記一張婚姻的契約，出事了，誰要替你負全責？

一陣沉默。桂枝張大了嘴打了個哈欠，從喉嚨算出啊啊啊的哈欠聲，牠說好懶好想繼續睡。雯的牠瞪大眼睛往廚房一瞧。

她蹬蹬蹬又跑回廚房，白粥焦了，著鼎了（臭火乾兼著火），手還握著電話（看吧）。放心，滷鍋沒事，有些事情就是會越煮越香的（可是有些東西一燒壞了，鄰居聞味又要來按門鈴關切了）。

叮咚。

果不其然攀上門的是同一號的樓上鄰居。欸你們家煮什麼都要燒房子囉？欸剩飯煮粥是要一直用勺子攪拌的你們沒有嗎？欸在看什麼電視看盤嗎？欸時機不好囉，我還要養一個兒子一個女兒，不像你哎唷好命喔兩個兒子都獨立囉出去囉？欸那你什麼時候抱孫子啊？

夭。

孫子在這囉。

夭。

你看牠在哭餓。

好啦沒事就好記得顧一下爐火嘿。

好。

結婚記得通知一下嘿。

那你多包一點囉。

夭。

她回頭去了廚房，刮了上層還沒著底的飯加水重煮一鍋粥，默默地翻著這鍋隔夜飯、翻著這鍋不是她獨自完成的滷鍋（媽，隔夜的飯就丟了吧，隔夜的菜也丟了吧會有致癌物的）。她為什麼要丟呢，她從不浪費食物，種田的時候沒有一餐飯丟掉，連豬也是另外種豬菜餵的，噢不，現在要正名了，地瓜葉，多好的地瓜葉啊自家後頭種死了小兒子寄來的百里香（天啊！媽，妳連百里香都能種得死），只好放一把小火燒了，灰燼跟著地瓜埋進土裡，不出一個月枝呀葉呀都攀到樓下人家的雨棚波浪板囉。

恁母就是這款，做田人哪知影種什麼香草植物。

她種地瓜葉、種水稻，搭過絲瓜棚天天看著瓜苗往上攀爬直到開出黃色的花。有年突然市面時興起了番茄糊番茄醬，把瓜一收，把苗一燒，棚子讓出位子給番茄苗任意纏繞，不到一季葉子就肆無忌憚長成了一小座森林，第二季番茄就像巨大的莓果長滿森林裡；她種過小白菜，她們都叫這種土長出來較為粗壯的菜種為蚵仔白，銷聲匿跡一陣之後近幾年又出現——無疑又是那個排毒的理由；她也種過紅蘿蔔、白蘿蔔，別人都以為雪裡紅是用芥菜做的，偏偏她懂得用蘿蔔葉放在甕裡用大石頭壓著發酵，放在家裡炒豬油渣子和辣椒來吃，嗆辣鹹香，入口一股衝味長驅直入鼻腔趕走豬騷，下飯極了；她也種過檸檬，是大哥從農會那裡要來了幾株樹叢，自己種好玩的——真的純屬娛樂，因為啊那個還不盛行吃甜點飲料以及美容的年代，檸檬毫無用武之地（而今非昔比，他現在退休後每天早上都一杯生榨檸檬汁，榨乾的果皮突發奇想也物盡其用，抹抹手腳，長年日曬的粗工皮膚如今也白皙透亮），於是放學後摘來當子彈用，窮人家的玩意，跟兄弟姐妹就在樹叢與樹叢之間隱匿又出現，互相掩護、遊戲地進擊，直到太陽下山，才想起要起灶火煮飯；她還種過紅鳳菜、空心菜、莧菜、苦瓜、冬瓜、子薑，雞糞豬糞放在藍桶子發酵之後隨意澆灑，菜葉便隨意狂抽亂長。所以她們總得謝神，莫名的，她總覺得土地裡有神，會一直冒食物出來，像聚寶盆，又像她想像中早逝的父母回來看她們，有時躲在牌位裡（白天發爐燒黃土地公的嘴鬚），有時躲在犁裡（牛犁田走若飛），有時是豬圈或雞舍（母雞一日兩顆擱大擱飽滿的雞卵），有時是買來的肥料，灑在土裡告訴這些小株小苗快快長大，果不其然她每隔一夜來看，那些植物奇妙極了一暝大一寸，要不就自己吃，要不就帶到市場上，塑膠布一鋪、斗笠一戴，就做起露天生意來。

她沒有種過香草植物，她知道的香料植物只有蔥薑蒜辣椒，有柑仔店買來的胡椒粉和五香粉，去逛夜市才知道原來攤販一鍋黃澄澄的是用咖哩粉煮來的。有天兩個兒子回家吵嚷著說要吃咖哩，她用了咖哩粉煮了一大鍋亮黃色的湯水，卻惹得兩人雙雙嘟嘴翻眼，直說這跟學校的營養午餐不一樣，拗不過孩子罷食抗議，特意致電學校導師一問才知道原來有種咖哩塊可以煮出孩子們吃的那種香濃可口又帶點甜味的咖哩，只好急忙奔走超級市場買了一盒兩百（天啊真正貴鬆鬆）的佛蒙特，加進咖哩粉煮好的那鍋裡悉心攪拌融化，不夠鹹的時候她左思右想決定滴進兩滴紅蓋子的廉價統一甲等醬油，卻意外發現如此口味極為順口香醇，彷彿魔法師她矇騙過孩子的嘴，也矇騙過他的嘴——哎，他何須矇騙？老身老牛有一天工可作就不怕沒車可拖的他，其實對吃完全不挑。少年匪類檳榔菸酒樣樣都行，舌頭老早壞掉，牙齒也幾乎蛀光，吃飯稀哩呼嚕管他什麼味道的層次、香料不香料，牙一咬就是一陣酸痛，索性囫圇亂食，只要重鹹到可以喚起他任何一點還活著的味蕾、填飽肚子，就謝天謝地了。所以每個夜裡回家不管她用心做或隨便煮，他都一律說好呷，或勁好呷，沒別的差別。她以為他一定是在外頭偷吃了什麼好料——石斑、高粱香腸、樓下攤車的深坑臭豆腐，或其他不可以告訴妻子的祕密。而他哪裡吃過什麼好料呢？零花錢都拿來買檳榔和阿比（威士比），菸早戒了（阿爸肺癌走的），只是埋頭就一頓飯。

他越是沉默，她碎念加劇，端上來的食物卻越來越多越來越豐盛。吃飯前她得奮力一搏像是在參加廚藝競賽；他疲累得只想不停超車、找好車位、吃飽躺平，痠痛的肌肉讓他無法聚精會神地多握住方向盤一分鐘。吃飯時她卻只能像收音機不停重複台詞：怎麼吃這麼多？怎麼吃這麼快？怎麼都吃肉沒吃菜？怎麼都吃飯沒吃肉；而他左耳進右耳出，慶幸近來老囉，耳朵都長毛蓋住囉，耳順之年想聽見什麼就聽見什麼，不想聽什麼就不會聽見什麼。他簌簌吃飽，飯後一句呷飽啊，便把碗筷丟進洗碗槽發出匡啷碎響；她慍慍酸搭一句：你呷五分鐘，我煮一世人。隨即陷入沉默，把剩下的菜擒擒揀揀三盤整理成一盤留給要回來吃飯的大兒子。

哎，大兒子。猴穿衣亦是猴。

他消遣地加了一個註，闔上祕笈，邊抖腳邊看起新聞。

大兒子小時候好騙，長大之後越來越難騙。冰箱兩百公分高，他習慣下班回來就把零錢菸盒往上一丟脫衣洗澡，她翻看他的皮夾零用，總是要估算那一點點數字之外有沒有其他的可能。大兒子有樣學樣，小時候還不夠高，悄悄搬了張板凳，一開始拿走十塊，再把板凳搬回原位以為誰都沒發現，長大了點就變成三十塊、五十塊，再長大一點會打籃球囉籃板搶得可好了踮起腳尖一拿就是一百塊鈔票，得分，隔天到巷口早餐店買一包大包薯條、送一包迷你塑膠夾鏈袋裝得鼓鼓的番茄醬，搭一杯大冰奶茶，帶到學校整間教室都散著過分的油香味，好豐饒的口感啊油膩香酥，剩餘的錢等到放學去炸雞店買一份卡啦雞，一口咬下皮肉肉汁從中流出像小小的金色的河，吃了兩口骨肉立馬分離，哎，老媽說那是養雞場不見天日的飼料雞又打了太多生長激素光長肉不長骨，可是大兒子哪裡在乎，骨頭抓來照樣狗啃，最後在公用垃圾桶前來個吮指回味難分難捨，湮滅證據紙袋一丟誰以為誰也不知道他在外頭偷吃了。回到家她說快來吃飯大兒子卻急忙閃進自己房間說自己還不餓，然而誰沒聞到他渾身肉味？

她無奈聳肩。

於是賣場買來薯條和卡啦雞，想省點油錢只放三分之一鍋寶素齋——噢，她發現大豆沙拉油更便宜了，於是捨棄了笨重又難回收的鐵罐寶素齋選擇了大成沙拉油——她得抓好時間半煎半炸，否則再脆再香的薯條炸雞都會變得疲軟無力又滿布油蒿味的一碟廚餘。五點十分下鍋炸，五點十五大兒子按電鈴，蹬蹬蹬她跑去開門又跑回廚房急忙拉高油溫逼油起鍋，滿心期待裝盤放在桌上，薯條和雞塊疊成一座金山，他手都沒洗一看到薯條光手抓了就吃。

怎麼樣？（不太對。）

哪裡不對？（胡椒不對。）

原來外頭的胡椒粉裡摻了其他中藥香料，每家做法不同，問了中藥店才知道至少有甘草，費工的加了孜然茴香，其餘的他們不能說，藥鋪子裡背後一格一格裝著一種又一種的元素，每個格子打開就有一種精靈會不安地竄出頭來，老闆說，是商業機密。

嗄，機密。

唔，機密，一包五十。

她知道油炸食物吃多不好，看見大兒子吃炸雞沒擦嘴劈頭就是一頓營養學的念局，外面的回鍋油不好、外面的膽固醇不好、外面的生長素不好、外面的油煙不好致癌物不好，她自己倒是在家裡炸得很開心，炸完薯條炸雞塊，炸完雞塊炸芋泥丸子，剩下的髒油開大火倒進太白粉水輕攪兩下變成一整塊蚵仔煎，吸了一堆焦黑油渣，你看你看這就是致癌物，多少人吃多了這個沒藥醫，剩餘乾淨的（欸，媽，這也是回鍋油）用碗公裝起來再拿來炒菜。各種炸物灑上商業機密胡椒粉好誘人喔香料的味道——可是，那又有什麼用呢？孩子早就不時興吃這個囉，換了一種口味喝起大街小巷到處開的飲料店，快可立、G Cup、來一杯、再一杯、擱一杯，各種冰沙用的是檸檬酸加果糖加各種水果的香料和色素，要什麼口味隨便調任意賣一杯十塊，加珍珠加椰果加五塊。國中班上除了班長風紀文藝股長另外選了服務股長——服務大家各種外送點單事宜，收錢找錢打電話去叫飲料，午休時間帶兩個壯漢到校門口扛著一箱三十幾杯冰沙冒著白煙好像扛著寒玉床回到教室。嘗鮮者一人一杯，重度嗜冰者一人兩杯，先喝一杯另一杯用毛巾包起來保冰等等打完球再喝，冰涼毛巾還兼消暑之用，太屌太酷太炫了，一群國中生如是說。

怎麼辦，她也要做冰沙嗎？

當然，非做不可。

新鮮水果加上自製冰塊加上結晶冰糖擠上檸檬，遠勝於香料色素檸檬酸鈉的材料，通通放在一台好幾千的食物調理機，按鈕一按轟隆隆巷頭巷尾都聽得見以為又是路平專案來施工，打完後插上吸管插上可愛裝飾小紙傘以及柳橙雕花放在杯緣，好專業啊峇里島villa風。大兒子喝是不喝呢？

哎，想當然，喝，卻是虛應故事地喝。只見他手上又是個紙袋，裝的是奶香油香的蛋塔，葡式蛋塔，不是麵包店那種餅皮蛋塔，紅極一時大街小巷都開起蛋塔店，眾多藝人金主紛紛投資，不到一年退了燒，店就全部收光光，投資客血本無歸而她也是——大兒子猴耳猴機靈，老早先聞風聲，不吃蛋塔了。可哀恁母，她為了烤蛋塔買的烤箱還有西點料理書以及沒用完的酥皮和卡士達粉，怎辦？小烤箱一次烤六個，十二個裝一盒分送鄰人遠戚，蛋塔太麻煩了乾脆拿酥皮切條捲成麻花，刷上蛋黃醬灑上砂糖一烤便成了麻花酥，要命，他下工一回來還沒洗去滿身木屑便坐在客廳裡配茶吃，完全蔑視醫囑說他重度勞力者不宜食用精糖使血糖快速飆升（噢，爸，你又忘記醫生說啥了），被她一喝斥立馬躲進浴室洗澡洗衣，嘴巴還敷衍嚷嚷「哉啦哉啦」搪塞，彷彿他是小孩，而兒子冷眼如父親般旁觀。

她消耗完材料，烤箱立馬成了刺目又礙眼的鐵盒子，只好訕訕擺在櫃子，一旁正是上次買的調理機，在暗室裡靜靜沾著一種蟑螂的蟲臭味。裡頭還有以前用來做鬆餅的格子鬆餅機、用來煎早餐店蛋餅的鐵氟龍平底鍋，還有各式卡通水壺只要卡通人物不受孩子們寵愛了立馬被打入冷宮，還有很多年前青春少女Makiyo一邊對著PHS手機喊著志郎志郎一邊飄飄騎著的滑板車（咦為什麼它會在這）。

還有什麼？下一個是什麼？還有下一個嗎？

她不知道怎麼煎牛排，不知道怎麼烤布蕾，香草籽是什麼東西呢中藥行有賣嗎？不知道那些餐廳——在大兒子長大開始工作自己賺錢之後——寄來DM上的菜到底是怎麼做的，她偷偷用煮粥的水蒸氣把信封黏膠給融開，拆開信件來看，字太小了她得拉遠再拉遠，還是一片茫霧流目油，喚他拿老花眼鏡來把菜給放大了，在眼中不過就是一張藝術品般精美的圖，紅色醬汁上面疊上一塊，格紋狀的牛肉，再疊上一塊，呃，雞肝？鵝肝？烏魚子？又是一層醬汁，一片綠色的，綠番茄？酪梨？有海鹽嗎？或是胡椒？在大兒子定期回家吃飯的夜晚，她都不知道該做些什麼。搬出去之前，她天天為大兒子做便當帶便當，一層白飯，先放上高麗菜墊著，放一角滷肉，左邊三色蛋，右邊炸雞塊，國小這麼帶著，國中也是，高中到大學大兒子自個兒在外解決了，當憲兵伙食可好了吃的可是牛排，而退伍後工作為了省錢賺新房頭期款也是這麼帶。某天貨運按門鈴，大兒子放下飯碗木筷，疾疾下樓搬了兩箱東西上來，神速閃進房裡——豈不藐視他倆老人家——意思是拜託什麼都別問，可她偏要問，拆開箱子是滿滿壓縮熨燙好的女用塑料包包彷彿泡麵裡的乾燥蔬菜。做什麼呢？創業囉、獨立門戶囉、不用再看老闆臉色，只要在家盯著網路進貨出貨多簡單的事情啊？

原本工作待遇不好嗎？

我只是不想拿死薪水，一直窩著也沒出息。

死薪水不好嗎？恁父恁母一世人做代工做苦工，拿健康換錢乎你讀冊，乎你坐辦公室裡面吹冷氣多爽快。人韓信欲死也哮三聲，你辭頭路唉都沒唉一聲。抓龜走鱉，到時陣沒錢甭找阮討。

賺了大錢也不給你花。

大兒子轉身關起房門；她擲下碗筷掩臉低啜；他大吼一聲呷恁母阿回失禮。

自此三人不在同一張桌子吃飯，儘管如此她一直都沒變，每個夜裡把各種小驚喜往盒子裡塞，每放一道菜（白飯高麗菜）心裡（滷肉炸雞塊）就一陣暖意（三色蛋，蓋蓋子，扣上不鏽鋼盒蓋，擦亮）。不說話的時候把便當放到大兒子房門，起初鬧脾氣不吃，隔幾天自己吃乾淨了就悄悄把便當盒放在門口打開方便她收走，後來就像什麼事也沒有的同桌吃飯，挑剔菜色的聲音倒是沒了，一個桌上父子比誰吃得快、吃得吵，筷子碰瓷碗鏗鏗鏘鏘短短五分鐘，唉，她煮一世人，還得幫他們洗碗。等大兒子放棄創業回去工作了，就把便當裝在自己縫的藍色便當袋——還用白線繡上「便當」二字彷彿怕大兒子又把它忘在冰箱裡中午餓肚子。

大兒子變了，一直在變，但她不能要大兒子全然不變，像隻猴子布娃娃。

沒用的。她把信黏回去。關上櫃子，沒有可變的魔法了，沒有新的鍋子，沒有新的機器和食譜。（牠深深打了哈欠指甲摳摳地板，發現地上有個冒煙的小木枝，假裝是小生物一樣撥遠又追近，再撥遠，滾進五斗櫃底下，去哪了呢，牠蹲低又抬頭，手掌伸進縫裡探探溫度哪來的。）

貓仔貓個性啊，她此時知道，養兒如養貓，管不住，教不會，綁著牠活不了，放著只能讓牠到處闖禍，但也只能放著。追著蚊子追著蟑螂跳上跳下，站著的東西盡皆無一倖免地碰倒，杯子、花瓶、她的洗碗精、他的水平儀、她裝滿鈕釦的針線盒、他的老茶壺、他的五路財神像，以及不知何時變成她的他公嬤的牌位。每天的第二炷香，趕在酉時四刻之前，打開客廳的燈，點上香燭，讓傍晚的灰藍裡有一格粉紅色的光往外頭照著，她默念今天一切平安順遂，伊尪事頭輕鬆沒著傷，囝仔讀冊沒讀到尻脊骿，大漢緊賺錢娶妻，大弟緊順利畢業，自己討賺自己生活。將香往香爐插，一爐三炷，三炷得齊高，一爐供奉財神土地公，二爐再拜天公地基主，三爐三拜堂上歷代祖考妣，陽上子孫奉祀。她眼神閃避、檀木神龕、飯春花、紅筊、案上的灰塵、神桌背板的觀世音、青雲壽桃、金童玉女。她不忍直視紫檀木刻的神龕牌位，垂眼見的，是在夜裡她躡手躡腳進小兒子房裡翻看書包裡的日記。第一本是和女生同學的交換日記，一開始討論功課，接著討論校園生活，某一天她突然看到討論班上某一個男同學，以為小兒子要失戀了，女生早有了喜歡的人囉。她安慰自己，安慰心中的小兒子，人生總有幾次得跌倒，切菜誰不曾切到手。過了一陣子天天看到全是討論這個代號S的男生，小兒子總問女同學：妳覺得S怎麼樣、S今天筆記抄錯了我要不要幫S影印一份、S今天在球場上打球妳有看到嗎、S這樣、S那樣、妳幫我跟S說怎樣怎樣。

夜裡按摩完那個在床上呼呼大睡的板模工人，她偷走日記，回到房裡，用另一張紙偷偷模仿起那個女孩的筆跡和口氣，寫著「也許你只是一時迷惑，我小時候也曾這樣。」

這樣是怎樣呢？是那個女孩的小時候？還是她的小時候？

這樣是，她小時候曾經有一個很要好的朋友，就住在隔壁的紅磚厝裡，她都叫她阿笑，阿笑阿笑，阮大兄叫妳來幫拔雜草，阿笑阿笑，阮大姐叫妳來幫忙劈柴頭。阿笑沒爹沒娘，只有一個臥病的阿公，紅磚厝是大兄分給他們住的，大兄時常會叫阿笑來幫忙田裡的事情，然後給阿笑一些錢，就連讀國小的註冊費也是大兄給的。阿笑會跟著她一起走一個小時的路上小學，前面是三姐跟四姐，後面一個六妹，一路上兩個姐姐走得快，等不及後頭的她們，她跟六妹說怕迷路就跟緊姐姐喔，我會把妳賣掉喔，六妹一路哭一路流涎流鼻涕跑步跟上姐姐，留下阿笑跟她慢慢走到校門口。其他姐妹都各自到各自的班上去了，她們兩人因為年紀相同所以也是同學，上課就坐在隔壁，經常一起學寫國字。阿笑說，妳寫字比較漂亮，妳教我寫字。她和阿笑從此開始一起在灶腳一邊顧爐火一邊在灶旁的磚桌上寫字，寫完之後交換看，開始寫週記之後也交換著看，然後一邊笑對方怎麼都偷抄自己的週記，寫的事情一模一樣。阿笑總會把開心的事情寫得有點悲傷，過年了好悲傷阿公又老了一歲，蟬叫了好悲傷秋天就不叫了，割稻子了好悲傷因為地不是我們家的。阿笑說話就像自己的臉，很淡很淡，沒有線條和五官，有時候看得見微笑，有更多時候沒有表情，留下一抹土土鵝黃的平面，也不曾看她哭過。但是她的頭髮很漂亮，總是自己綁出兩根漂亮的馬尾，左一根，右一根，即便大兄叫她做再粗重的工作，燒柴、挖糞做堆肥，那兩根馬尾永遠整齊地閃閃發著釉黑的油光。她安慰阿笑，看哪，她的週記本寫的是，過年了可以殺豬了，蟬叫了可以去河邊泅水了，收割了可以賺錢了。阿笑總是看著她的週記傻笑，阿笑說，妳真好，妳真好，我長大之後也要跟妳一起生活，就像現在這樣。

她說好。

國小畢業之後大兄跟她說沒有錢再讓她念書了，她其實也知道，就像幾個姐姐一樣，去學校是因為里長總會來關心家裡有幾個小孩子，不去上學都不行，離這裡最近的一間國小——要走上一小時路的那間——主任會跟里長一起來關切。她們其實還有一個最小的七妹，出生之時碰上難產，母親說拖也要把她拖出來看看是男是女。幾個姐姐抓著嬰兒的頭像是在拔菜頭一樣，左扯右拉，又不敢太用力，幾個時辰之後終於拔了出來，母親一看，是個女的，馬上全身冷汗斷了氣，而小妹連啼一聲也沒有。大兄於是一直沒幫七妹去報戶口，度晬的時候突然發了高燒，燒到意識不清，連哭都沒有辦法，躺在地上一直口吐白沫，又沒辦法讓小妹看醫生。大姐趕緊找東西給小妹咬著，怕咬到舌頭，找了一雙用得最舊最黑的木筷子，看起來脆得像竹炭，塞到小妹嘴裡，喀啦喀啦咬著，馬上就斷了。她著急問大姐要不要去看醫生，大姐沒出聲，只是和一群姐妹圍在小妹身旁靜靜地看著，大姐的眼睛好冷，平平的眉毛底下，焦距彷彿穿透小妹的身體注視著地底下。剛巧大兄從田裡回來，看見躺在地上的小妹，一直說小妹活不過四歲了，不用去上小學了。大兄把斗笠放在餐桌上，鬆嘆了一口大氣，小妹突然安靜下來，滿頭大汗，卻安穩地睡著了，像是什麼事情都不曾發生過。

那個傍晚異常沉默，夕陽打翻一片的橘色顏料灌進她家，灶腳傳來滷肉的味道，像是她平常做的，又有點不太一樣，怎麼有一股香味沉沉溫溫的又令人有一點小小暈眩，整個人就像包裹在厚厚的棉被裡在冬日陽光裡睡上一場長長的午覺。

她跑到灶腳一看，阿笑在那裡顧著灶火，鍋子上冒著小小的水蒸氣，泛著橘黃光的灶腳凝結成一塊濃重的油凍。兩根馬尾在空中，像一對會笑的眼睛。

阿笑，這是什麼味？

桂枝。

桂枝是中藥嗎？

不知影，阿公佮我講這是肉桂，ニッケイ，種置阮家後壁，樹枝切落來曬乾就會變桂枝。

阿笑重複慢慢念，ニッ——ケ——イ——，ニッケイ。

阿笑打開鼎蓋，一股更強烈的溫暖味道攫住了她，從她的頭頸慢慢往下竄進衣服裡，到胸口。她心跳加速，身體像是泡在日光裡，有點喘不過氣的厚重包圍，讓她有無比的安慰。醬油香——此刻她突然意識到，豬油渣子冒出的油香混著豆類的味道，桂枝替原本乾癟鹹澀的一鼎，變成和煦的一鼎滷汁。

（他打呼起來，鼾聲不止，三角白內褲穿在身上被肥壯的屁股撐大，被年紀染黃，側著身子抱住棉被，單腳在外，腿上的毛髮凌亂。她在梳妝台前，用著小小鎢絲燈泡的黃光照亮她的前額與雙眼，看著還是國中生的小兒子的筆跡，怎麼辦，她也想問自己，怎麼會這樣。她看著他抱著棉被不放，以為那就是他的妻了吧。）

阿笑，畢業之後，咱就甭擱去學校了。

嗯，我知影。但是妳亦是要教我寫字喔。

好啊。

阿笑一如往常在灶邊跟她一起學寫字，聊天，顧著灶火。她會偷偷讓阿笑盛一碗帶著豬油渣子的滷汁和一碗冷掉的粥回去給阿笑阿公配著吃了，甭通佮別人講喔，她特意叮嚀阿笑。大姐二姐三姐四姐都在田裡幫忙大兄，六妹在廳裡照顧小妹。阿笑躲開六妹小妹出灶腳穿過稻埕送粥水給阿公，廳裡的六妹睏著了，阿笑卻被小妹遠遠看見，小妹的眼睛好黑好深。說也奇怪，小妹筷子咬斷之後，不知怎麼個越長越壯，偶爾發起病來吐白沫吐得全家臉色死寂，對小妹來說看起來就像是自己的一種例行公事。小妹沒學會說話，卻也從不哭鬧，里長有時經過厝邊六妹便把小妹藏在神龕底下的五斗櫃裡，跟一疊刈金和香燭放在一起，出奇了的安靜，連呼吸聲音都沒有。六妹第一次以為放在那悶死了小妹，里長走了之後，緊張起來跟大姐說：小妹翕死啊，小妹翕死啊，打開櫃子一看結果小妹睡熟在那裡，還把刈金當枕頭墊著，口水沾濕了整只金紙。第二次第三次就知道，把小妹塞進櫃子裡，反正里長也不會真的進廳裡來，總是在埕中隨意走走，跟幾戶人家あいさつ招呼招呼就離開。

這些日子阿笑常常跟她問字，阿公怎麼寫，病怎麼寫，肚子怎麼寫，痛怎麼寫，醫生怎麼寫，病院怎麼寫。有些字她不會就跳過，然而有些明明就學過了，她問阿笑怎麼還是在問怎麼寫呢。阿笑說，妳寫得比較漂亮。她才知道原來阿公已經躺在床上一動也不能動了，之前還可以坐起來吃飯，現在起身都有困難，連大小便也變成是個問題了。阿笑經常得扶著阿公脫下褲子坐在房裡的便桶上廁所，才坐了下來馬上就把阿笑趕走，阿公欲便所啊甭佔置這看。阿公眼眶都是淚水漬紅的，揮揮雞爪般的手，走啦，走啦。坐了半小時沒聽到阿公叫喚，門外探頭一看原來是在便桶上盹著了。阿笑說，好悽慘喔，悽慘怎麼寫。

阿笑說這句話的時候，臉上有一種似笑非笑的愁苦味道。

她知道阿笑想寫信給城裡大醫院的醫生來幫阿公看病，於是在日曆紙的空白背面寫著：我是阿笑，我阿公肚子很痛，不能走路，請你來幫他看病，謝謝醫生。早上她便拉著阿笑在一條可以走發財車的大柏油路旁等郵差。她歡喜說，妳看，這是我幫妳寫好的批，妳讀看覓。

阿笑說，但是要寄給誰？

直到中晝她們看見郵差遠遠來，軟融的路面上騎著綠色老檔車發出兜兜兜的聲響，兩側掛著塑膠籃塞滿了信。急忙招手要郵差停，兩個女孩子扭扭捏捏都不知道該說什麼。老郵差只好一個一個拋出問題，是不是在等批，不是；是不是迷路，不是；老郵差看見她手上拿著一張信紙，笑著說，妳欲寄批喔。她與阿笑就同時點點頭，把手上的日曆紙信顫顫遞了出去。老郵差看了看，沒寫住址又沒貼郵票，要怎麼寄呢？恁沒寄過批喔？

兩個女孩子搖搖頭，阿笑的馬尾日正當中晃呀晃，臉色越來越愁淡了。

她問郵差知不知道台北的大病院有哪幾間，有的話幫她們寄一下。老郵差擦擦額頭上的汗，眉頭皺皺的，似乎是知道她們的意思了，拿起筆問她們住址，抄上去之後說，誰是阿笑？

她指指身旁的阿笑；老郵差摸摸阿笑的頭。批會替妳寄去，妳要好好照顧阿公，還有好好照顧自己。國小畢業了沒？

阿笑點點頭，笑了出來。

後擺寫批要寫住址，自己買郵票糊上去再寄喔。

老郵差把信仔細摺好，跟筆一起放在上衣的口袋裡，油門一催，兜兜兜的走掉了，背影消失在田地和柏油路之中。她每天都在期待那個兜兜兜的聲音，有時候有，有時候沒有，有時候一邊挑菜一邊等，等到睡著了，被六妹叫醒，阿姐，阿姐，不通擱睏啊，菜挽未了啊。頭幾次聽見老郵差的檔車聲音，興奮地跑去找阿笑，批來啊批來啊，阿笑難得臉上顯露欣喜之情，眼睛突然亮了起來。兩人一起在門口等著，卻沒看見綠色的身影，只是聽著那聲音漸漸變遠，只好安慰阿笑，沒關係，醫生沒閒，擱等幾天，醫生就會寫批倒返來。她沒死心，一個月後拉著阿笑正中午到柏油路上等，遠遠聽見兜兜兜的聲音，她跳躍著，揮動高舉的雙手，車子停下，卻不是原本的老郵差，而是年輕的郵差，皮膚還是白的。她問郵差先生有沒有阿笑的批，郵差說，阿笑是誰？妳們住哪？她指指後面的小村里。郵差搖搖頭，逕自走了，兜兜兜。

阿笑淡淡地說，免擱等啊。

啥？

我講，免擱等啊！

阿笑大聲吼了起來，愣了一下，哭著跑走，留她一臉錯愕。卻看到阿笑走掉那頭，六妹匆忙跑了過來，說小妹哭個不停，還把五斗櫃打翻了，土地公和公嬤牌位掉在地上，香爐摔成了兩半。她急著跑回家中，遠遠就聽見小孩子的哭聲，埕裡卻是里長逡巡著，頭探進廳裡，便看見了口吐白沫的小妹，在地上發著顫。

當天大兄和里長便把小妹帶去報戶口，柏油路上里長說，都快兩歲了，罰金都不知道有多少了，大兄分了一支菸給里長，幫里長點了火。一路走了直到菸抽完，好像就沒事了。區公所的公所辦事員把小妹帶去醫院檢查，說是癲癇，藥很貴，大兄堅持不要讓小妹吃藥，便自己把小妹領回家了。

當晚她把滷汁重新熱過，風很強，柴燒得嗶嗶剝剝，火裡出現哭聲，她心頭一驚，以為自己聽錯了，翻了一下灶頭，火星叱嚓噴了兩下，一根木柴裂成兩半，回頭一看，阿笑站在門旁邊，低低的，似哭非哭。

阿公過身啊。

她走了過去，抱著阿笑。阿笑身上都是桂枝的香味，溫溫沉沉的。

（這樣對嗎？她一句一句，把學著那女孩字跡所寫的話給畫掉。迷惑，這二字她來回塗畫抹去。學不像嗎？不，她覺得挺像的。她寫字很漂亮，還因為這樣，二十歲在塑膠工廠當女代工，被老闆看見她簽領薪水的簽名，隔天便脫下女代工戴的白色防塵帽，調去辦公室裡當祕書，負責替老闆抄寫文件、寫信。那時她認識了在同一家公司上班的他，他總是提醒她，要小心老闆喔。後來她覺得她要小心的應該是他，因為沒多久她就懷孕了。在那個高速公路涵洞附近的無人草地，一陣嬉戲，他頻頻觸碰她的身體，拍拍塵、撢撢土，她肩上被鬼針草勾到了，他用指尖捏住鬼針草的細梗末端，針織衫被輕輕勾起，暖風熨貼在她皮膚。他看見光透進衫裡，便撫著她的肩。他按著她坐了下來，累嗎，她愣愣笑著說，還好，撥開他的大手。真的不累嗎？他又將手放上來，順理成章地依偎在一起。她全然明白他的無知、他的姑且一試。但她其實一點也不知道褪去衫之後會發生什麼事情——但她知道，他會從他兄弟那裡私底下流傳的小書小報和閒言齟齬聽來——如果不這樣，她又能怎樣呢？）

阿笑阿公的喪事是大兄幫忙辦的，鄉下地方辦不了多隆重，但也不會草草了事，還請了歌舞雜技團來表演。台上的小丑丟完了球，耍完了火把，還把火炬往嘴裡吞滅了，拿出一袋零錢，不知怎麼了的一股腦兒往台下灑。在熱鬧的電子琴音中，聽不見零錢擲地的聲音，一票人——包含田裡的臨時工、附近鄰居、幾個姐姐、她、六妹和牽著走路一拐一拐的小妹——都在底下騷動起來，趕緊撿拾那些零錢，紛雜地討論起誰要買菸誰要買新衫和難得一見的布鞋。小妹笑得好開心，在一旁拍起手來。阿笑在靈前守著，白色羅帳和白花，她捏著幾個揀來的銅板偷偷去看阿笑，只看到背影，便悄悄地把三十塊放在過門的枕木，阿笑沒有回頭，門口有肉桂味。

（彷彿不會再回頭正眼看她，臉越來越淡，但笑容卻越來越清晰。她拉開抽屜，一只泛黃的信封，只寫了舊家的地址，太過整齊的線條，看起來就像兩個兒子小學寫在大格子作業簿的字。她抽出其中一張信紙。）

父母早逝，好大一片土地其實都是大兄的。成年之後，姐妹們早晚要嫁人，幾年之間大姐二姐三姐莫名地接連嫁了出去，像是私底下說好的一樣。她看著每年每殺一隻豬公，家裡就少一個姐姐。大兄跟四姐、六妹還有她說，你們也差不多好找個人嫁了，政府要把田地重劃，地要賣出去給建商蓋房子，到時陣厝就要拆掉了。

她與阿笑趴在灶邊，一邊午睡，一邊聊天。阿笑阿笑，妳長大要做什麼？毋知影呢。阿笑阿笑，妳覺得妳會活幾歲？毋知影呢。阿笑阿笑，妳有去過台北城嗎？沒去過呢。阿笑阿笑，厝要拆掉了，到時陣咱就不行住這了。妳會佮我住鬥陣嗎？

妳會嫁尪啊。

我若是不要嫁呢？

哪有可能？恁阿姐都嫁了，偆四姐還未嫁，四姐若是出嫁就輪到妳了。

我若是出嫁，妳會當佮我鬥陣住啊。

阿笑淡淡地笑了，搖搖頭，馬尾輕柔地晃著。

一直都沒有對象的四姐，在三姐嫁出去之後，婚事延宕了幾年。大兄請託里長找個青年，不用俊秀也不用有錢，個性憨厚老實就好。里長找上好幾個公車站牌之外另一個里的媒人婆介紹對象，幾天後四姐穿得漂亮，胭脂抹得比戲班子還多，跟大兄一起出去，第二次相親回了家便說要辦婚事了。她連自己的姐夫臉都還沒見過，就得幫四姐打著篩子遮蔭，送上轎車，跟著車後頭潑了一桶水。杳杳無人的農莊中晝，她與阿笑窩在灶腳簡單吃著飯菜，今天多了男方送來的豬肉就滷了來吃，桂枝壓過了肉騷味，她們大口大口咬著肥肉吃一點也不感覺膩。

阿笑停了筷子，看著她。

這邊的住址怎樣寫？

問這做啥？

後擺我要寫批返來，才知影住址怎麼寫啊。

四姐嫁不到一年，有一天哭著回來，附近的鄰居跟著四姐跑來，都聚到埕裡探頭往廳裡看，大兄趕緊把大門一關。她和阿笑、六妹、小妹躲在偏廳的門邊偷看。四姐大聲哭叫，我毋要返去啊，我毋要返去啊。四姐說姐夫根本就不像相親的時候這麼古意，嫁過去不到幾天就把嫁妝金鍊全部當了，找人賭骰子一夜輸掉好幾千塊錢，回頭還跟四姐威脅著，說你們家不是很有錢，輸這幾千塊算什麼？兩人吵了一架，四姐被姐夫摑了好幾個巴掌，臉都腫了起來，像犯了齒疼。

大兄要四姐乖乖回返去，土地要賣了，不可能讓她回後頭厝了。這些話講得特別大聲，好像在說給門外的孩子們聽。

大兄當晚讓四姐住下，茫茫渺渺中，她整個夜晚都聽見隱然哭聲。有時她眼睛睜開，外頭還是黑的，再閉上，又睜開，天漸漸亮了，哭聲漸漸消止，她昏沉睡去。再醒來的時候她突然感到一陣寂寥，神龕上的香火燃著，厝裡空無一人。跑去後面找阿笑，看見過門的枕木上，有一張寫了字的紙，用三十塊錢硬幣壓著。

我走了，去台北城，大兄有給我很多錢安頓，不要煩惱。阿笑。

她喊著，阿笑，阿笑，回音很近的在耳邊就響起。原本就一貧如洗的阿笑家裡，只剩下木頭桌椅就顯得更空蕩了。桌上連阿笑阿公的牌位都不見了，只留著一個塑膠杯裝著八分白米，上面插著幾根桃紅色的香尾，香灰在桌上粉粉蒙上一層，有幾個指印。她用食指疊著指印，一個一個，跳躍著，按壓著，契合著，木頭桌子回傳給她一點餘溫，是最大的安慰了吧。可她感到每一次按壓阿笑留下的指印，孤單感就越在這個小屋子裡膨脹，擠壓著她。

（天要漸漸光亮了，她關了梳妝台的燈，揉揉額頭。他的鼾聲沒有止過，如果鼾聲停了才要令她擔心起來。收起一張信紙，摸摸裡頭第二張，她不想拿出來看。只是輕輕撫摸，彷彿信紙就是阿笑。）

到了二十歲的她像一朵野地盛開的扶桑花，隔壁鄰居和工廠同事都曾來講親晟，但她都婉拒了。四姐有幾次回來，有時是瘀青，有時是手腕的夾板，每次坐在廳裡都用一種疏遠而熱絡的眼神看著她和塑膠工廠認識的他。好命啊，四姐總羨慕地感嘆，一旁的小妹傻傻笑了起來。

面對他，她其實無法確定自己。他總是敞開大門，說是願意承受她的任何嬌縱，可她其實不太是個任性的孩子，只是覺得如果有個人願意任憑自己使喚是一件不錯的事情。婚前他賭博喝酒抽菸哪樣不會，她討厭他這樣，只是有一次拿起菸盒要拍出一根菸，就被她教狗般打了手背，第二天起他身上不見菸盒，但她總要嗅嗅他身上是不是有菸味，一有了菸味馬上轉頭走人，逼得他趕緊追了上來說下次不敢了，不敢了，用大手按著她的肩。

鬼針草，他輕輕捏下。草地上發生的一切多麼自然，她完全不知道會發生什麼事情，只好任其擺布，敏感而慌亂。她不抗拒，也不知道能不能抗拒，總是會想著四姐腮幫子被摑紅的畫面，還有阿笑的馬尾，但這個男人看似也不差，大兄說，差不多了，你也好嫁尪了，土地賣了，每個姐妹都能分到一些財產，過一個好生活。想到這邊，陽光很強，涵洞上的高速公路有汽車呼嘯經過。她不知道她自己的身體竟然可以如此馴順，她推開他一次，當他再擁上來的時候，她眼前就只剩一片光晃晃的景象。

（她收好信，他鼾聲停了。她把臉湊近，頭髮一絲一絲搔著他的臉。他動動鼻子，張開眼睛，有點驚嚇。起床了，天亮了。她說。說完之後躺回床上，換她睡了。）

鞭炮聲裡，她從紅色日光中張開眼睛，身上是桃紅色禮服和手套，口紅也挑了個桃紅色的呼應著，頭上的波浪大捲是花了一早上弄的，插著幾根會晃的珠釵——那時怎麼會這麼的俗氣。六妹在後頭亦步亦趨，替她拿著篩子擋著頭頂，小妹一跛一跛，邊走邊笑，漂亮，漂亮，綁上紅色緞帶和繡球的車就在前面等著，她回頭看了一眼小妹，長得比自己還要高大了。應當是這樣的，應當是這樣的，她反覆默念著，彷彿要讓自己亂跳的心臟能安穩些，規律些，在一個穩定的節奏上。車門開著，她慢慢踏進去轎車裡。

兜兜兜兜。

恭喜喔恭喜喔。

年輕的郵差立了野狼的側架，拿了一封信。大兄從駕駛座出來，跟郵差握了手。

是誰要嫁了？

阮第五個小妹。

恭喜喔。

六點有閒來呷喜酒，毋免包紅包啦。

郵差側架一踢，檔一打，逕自騎車走了。大兄坐回駕駛座，手伸往後面晃兩晃連頭都沒回的，把信遞給了她。信封上只有收件地址和收件人名字，就是她自己。而那字跡她一眼就認得出來的，第二眼她淚水盈眶，擋住所有視線，但彷彿又聞見肉桂味。

有人對她笑。

欲走了喔。大兄發動引擎，打了檔。

她想開口，欲喊無聲。

六妹和小妹進屋子又出來，對著稻埕潑了一大桶水，六妹揮著手，拉著小妹彎曲的手一起揮著，小妹一臉惶惑。

車子緩緩前進。大兄淡淡地說，未後悔嗎？

她不做聲。眼前一片光亮。她逝去眼淚，眼線一定糊在婚紗的桃紅色手套上了，看看手指，沒有眼線液，沒有手套，只有淚水。她躺在床上。

他趕緊換好工作的服裝——兒子們的舊衣舊褲穿在身上，沾到土水木屑都不感到心疼——出門上班，她知道他很快樂，當手上拿起還算不錯的中價位轎車的鑰匙，裡頭卻是坐著一個板模工人。這部車，這間房子，兩個還在睡覺的兒子，一個國中，一個公立高職，甚至是兩片門板上貼著的明星海報，無疑的都是他的成就。

（啊，想不到現下兩個兒子早已能夠獨立，飛了出去，各自有各自的歸屬了。）

而他能擁有這些，她想其實都是她的成就。以為只留在婚前的壞習慣，想不到自塑膠工廠離開後轉做板模工人時馬上又全部浮現出來。新婚不到一年，他發薪的日子，她照常備好了飯菜，滷了滷肉，丟了幾塊桂枝下去，滷鍋突然湧現暖暖的氣味。但那晚他卻遲遲未進家門，剛出生的大兒子還不會走路，到處爬行也能打翻鍋碗瓢盆。她突然記起了幼時一隻不願進雞舍的黑公雞，天都要黯了，她急忙追著黑雞到處跑，越是追趕，雞不知怎麼個跑得越快。阿笑抱著一簍打好的一期稻作的米糠來餵雞，看見她這樣慌亂，淡笑了起來。莫逐啊，莫逐啊。阿笑叫住她，公雞也停下牠又黑又長的爪子。阿笑慢慢靠近公雞，啁啁啁，啁啁啁，嘴嘟成可愛的圓形，開始一粒一粒灑著手上的稻穀，一步一步往後退，啁啁啁，路徑拉成一個活潑的曲線，蜿蜒進了雞舍。接著阿笑便沒理會公雞了，只是一邊跟每一隻母雞打招呼，一邊在鐵架上倒著米糠，啁啁啁，母雞晃著雞冠和下巴的肉髯悠哉的吃了起來。公雞這時躡手躡腳走進了雞舍回到籠子，嘖嘖嘖，阿笑也倒了一些飼料給牠，整理一下稻草，明阿早再擱來飼恁，關上雞舍的小門，拉著她回厝裡，一邊走一邊哼著日文歌。阿笑唱到最後一句，「ああ十代の，恋よ，さようなら」，她突然聽懂這個旋律，唱起了閩南語版本的同一首歌，啊……可憐戀花呀……再會啦再會啦。

那個晚上她自己先吃了飯，把大兒子哄睡了，自己整理整理家裡。他喝得醉醺醺回來，按了電鈴發現沒有人替他應門，生氣地拿了鑰匙，搖搖晃晃，半小時之後才把門打開。喂，哪會無人替我開門。他惱怒地大吼，全黑的家裡，沒有開燈，沒人做聲。把燈打開，桌上的飯菜用網罩蓋著，一個碟子整理好了幾道菜，盛好一碗飯，還有一鍋子滷肉，只是都冷了。他摸不著頭緒地吃了飯，洗了澡，回到房間。她背對他，淡淡地說，明早我會去找頭路賺錢了，囝仔我會顧好，你莫煩惱。

酒醉之中他嚇醒了，彷彿沒見過這個女人。躡手躡腳地乖乖躺在床上睡覺。隔天，她便是在家做焊錫代工的女工了。往後他再也沒有喝得一身酒味，超過七點回家。有時只是沾了一點阿比，一到家馬上就誠心道歉，事頭需要，飲一些提神。她只是隨意念念，喝酒傷身體，你自己身體打壞沒要緊，但是囝仔誰要賺錢來飼？隔天就幫他弄了一鍋粉光蔘雞湯。

他充滿感謝。每個早晨換好衣服出門，車鑰匙握在手裡好實好堅固地存在著。

她起身說開車注意喔，深深一個哈欠，替他關上鐵門。回房躺在床上，伸手把日光篩過，灑落她的眼睛。她不用看那封信都記得起來多年前阿笑生硬的字跡：我買字典了，自己學寫字。白天我在台北的一間養老院當義工，那邊有免費的報紙可以拿來看。晚上在美國餐廳當服務生，小費很多，老闆看我常常在休息室拿字典查報紙的字，就叫我幫他記帳，記員工出勤、發薪水。自己薪水加小費不只夠用，還買了一小間公寓的頂樓。五百元還給大兄，謝謝他一直都很照顧我。很想妳，希望妳過得很好，我也會過得很好，字一定會寫得比妳還漂亮。

五百元她自己留著了，信封上沒有寄件人地址，她想一定是阿笑故意不寫的。

她起身把那張學著別人字跡的紙撕掉，闔上日記本，偷偷塞回小兒子的書包。

（雖然是無願意，甲伊來分離，一旦被風折散去，抱恨無了時。）

她開始叫小兒子跟著她一起上市場買菜，拖著鐵菜籃自備塑膠袋，公車站牌三站後即到菜市場。

記清楚了喔，傳統市場週一休市，不到九點買不到便宜的東西，一過九點買不到好東西。先買菜再買肉，生肉一切開、海產一離水就等著要壞去。買菜要買當對時，買肉要揀紅擱鮮。腹下三層，背上里肌。大腿腿庫，小腿蹄膀。豬尾豬頸豬頭皮（便宜），豬肝豬肚豬大腸（尚歹處理）。豆干豆簽豆干炸，聞著應有黃豆香（而無半點酸嗆味）。薑有薑母，有子薑，蒜頭有紅白兩種，紅的芬芳白的嗆，辣椒小的綠的辣，花椒過油才生麻（還有還有，夏筍要挑未出青，黃瓜粗糙水又甜，菜頭椪柑在冬季，瓜果用手掂幾斤）。

買齊了食材，順道經過中藥店抓幾味藥材來用，她原只會用胡椒和五香粉，不再偷看小兒子的日記之後，她開始用起了桂枝，藥行老闆還問她要不要用比較好的肉桂，她說不用了，桂枝就夠了，夠香了，夠沉穩了，夠溫暖了。然後是花椒、（草果、）甘草、（丁香、）茴香、（荳蔻、）八角（媽，該回家看收盤股票了）。

她在廚房裡點起火，煎了肉，炒了糖，加滿水，丟進所有材料，沸滾時候再放八味中藥。小兒子問要不要用紗布袋裝起來，她堅持不必，她想看見每一味的中藥在鍋中自由泅泳，彷彿如此才能呼吸，琥珀色的氣味迅速織滿整個公寓。小兒子在廚房裡做得很開心，她問小兒子怎麼對做菜這麼有興趣，小兒子說，遺傳吧。

好幾年間，她沒再問下去，不該接著問怎麼沒有女朋友，怎麼都沒消息，心底只暗暗希望小兒子不要像她一樣。

（只好忍著傷心淚，孤單到湖邊。）

小兒子沒回頭，靜靜切著蔥段，媽，妳知道吧。

（啊……可憐戀花啊……再會啊，再會啊。）

我知道。只是，我以為你永遠都不會跟我說。（ああ，十代の，恋よ，さようなら。）

好幾年之後家裡多了一隻貓孫子，大兒子正準備跟房仲簽約，簽完約要跟交往多年的女友結婚囉。小兒子越來越像她的烹飪老師，三不五時回來，不為別的，就是來灶腳下指導棋。她總忘記他已經退休囉肚子太大血脂太高不能吃得太油（媽，妳又買了三層肉），她忘記他不愛吃太辣結果（天啊媽，妳放了六根雞心辣椒），她忘記白蘿蔔被她用報紙包著放在冰箱最底層的蔬菜區兩個多禮拜了（媽，冰箱都臭掉了啦），她忘記自己的壓力鍋放哪了，她有買壓力鍋嗎？打開櫥櫃映入眼簾的是次郎次郎？不，是滑板車，是食物調理機，是烤箱，是鬆餅機，是名偵探柯南的卡通水壺（媽！怎麼還沒回收），她怎麼能回收？她靠這些擁有多少好手藝，還有大兒子長大後，會突然打電話來說，媽，我想吃炸雞塊，我想吃水果冰沙，媽，明天幫我帶便當。

她開心地笑了，漸漸的，她什麼也不必管了。

六妹老早嫁了，小妹一直住在大兄家裡，靈巧得還幫大嫂做了不少家事。一次她重回舊地，紅磚厝早拆了，蓋成了一棟又一棟的電視台、商業大樓、大賣場。在一個轉角的樹叢裡，她聞見一個熟悉的味道，她不知道那是不是阿笑家種的ニッケイ，她念著ニッ——ケ——イ——，nikkei，因為那樹看起來好高好不真實，但她相信那就是了。

他在她的身旁，安靜地聞著肉桂樹的氣味，拍拍她的肩。

早上九點，她關上那鍋滷肉的灶火，盛好一鍋粥，突然有一陣暖流從鼻息一直竄到心裡，像一雙溫暖的手，撫摸著她，推著她，到神龕的牌位前面。今天也來燒一炷香好了。

香燭點了火，廳裡溢出粉紅色的光。他看著的新聞台突然轉播著遊行的畫面，她曾經看過，而他也是：一些人奇裝豔服的走在街上，一些人裸著上身展耀自己對於身體的自主權利，一些人舉著標語要求多元平等，一些媽媽帶著小孩一起走著，同樣的是，每個人搖著彩虹旗，每個人都有笑容，一場開心的華會。他有點生氣地，幾乎是反射動作脫口而出，不答不七。

嘖嘖嘖，你哪會通按呢講，假使裡置有咱的囝仔咧？

咁有可能？

嘖嘖嘖。每一個囝仔都是父母賺錢腰飼大漢的，你咁毋知。

無啦！我是講，叫伊幾個衫多穿一件，不然會著寒。

她微笑不語。電視裡彷彿有熟悉的背影，兩根馬尾黝黑得發亮，臉色雖然淡漠，但笑容好甜好熟悉，一閃眼就過了。

她拿起香，高舉在頭頂，她無所求，歷代公嬤，恁若是在看，著保庇子孫幸福快樂。一拜，二拜，三拜，把香整齊插在香爐裡。爐旁有灰，有指印，她按按指印，神桌有溫度給她。

呷飯啊。

這鼎滷肉是昨暗脩的。

昨暗伊兩個囝仔都有返來後頭厝呷飯。

二〇一三年十二月完稿

二〇一七年刊載於鏡文學

九　歌　文　庫　1412

我在等你的時候讀了這東西

國家圖書館出版品預行編目 (CIP) 資料

我在等你的時候讀了這東西 / 謝凱特 著 . -- 初版 .-- 臺北市 : 九歌出版社有限公司 , 2023.09
　面 ; 14.8 × 21 公分 . -- (九歌文庫 ; 1412)
ISBN 978-986-450-591-3 (平裝)
863.57　　112012234

作　　者——謝凱特
責任編輯——張晶惠
創 辦 人——蔡文甫
發 行 人——蔡澤玉
出　　版——九歌出版社有限公司
　　台北市 105 八德路 3 段 12 巷 57 弄 40 號
　　電話／02-25776564・傳真／02-25789205
　　郵政劃撥／0112295-1

九歌文學網　www.chiuko.com.tw

印　　刷——晨捷印製股份有限公司
法律顧問——龍躍天律師 ・ 蕭雄淋律師 ・ 董安丹律師
初　　版——2023 年 9 月
定　　價——320 元
書　　號——F1412
I S B N——978-986-450-591-3
　　9789864505975（PDF）